Y FFENESTR LYDAN

Llyfrau'r gyfres:
Y Dechreuad Drwg
Ystafell yr Ymlusgiaid
Y Ffenestr Lydan
Y Felin Ddiflas
Yr Ysgol Anghynnes

Cyfres o Ddigwyddiadau Anffodus
LLYFR Y TRYDYDD

Y FFENESTR LYDAN

gan Lemony Snicket
Lluniau gan Brett Helquist
Addasiad gan Aled Islwyn

DREF WEN

Cyhoeddwyd yn 2014 gan Wasg y Dref Wen,
28 Ffordd yr Eglwys, Yr Eglwys Newydd,
Caerdydd CF14 2EA, ffôn 029 20617860.
Cyhoeddwyd gyntaf yn America yn 2000
gan HarperCollins Children's Books Cyf,
dan y teitl *The Wide Window*

Noddwyd gan Lywodraeth Cynulliad Cymru.

Argraffwyd a rhwymwyd ym Mhrydain

I Beatrice –
byddai'n llawer gwell gen i petait ti'n
fyw ac yn iach

PENNOD

Un

Petaech chi'n digwydd gweld y Baudelairiaid yn eistedd ar eu cesys ar Lanfa Damocles, heb wybod fawr ddim o'u hanes, fe fyddech chi'n siŵr o feddwl eu bod nhw ar fin dechrau rhyw antur gyffrous. Wedi'r cwbl, newydd groesi Llyn Dagrau ar gwch y Fferi Chwit-chwat oedden nhw, i ddod i fyw gyda'u Bopa Josephine. Achos llawenydd mawr fyddai hynny, fel arfer. Ond nid, wrth gwrs, iddyn nhw.

Er bod Violet, Klaus a Sunny ar fin byw trwy ddigwyddiadau a oedd yn mynd i fod yn gyffrous a chofiadwy, doedden nhw ddim yn mynd i fod yn gyffrous a chofiadwy yn yr un ffordd ag y mae cael rhywun i ddarllen eich ffortiwn neu fynd i'r ffair. Yn hytrach, roedd e'n mynd i fod yn debycach i gael eich erlid trwy lond cae o lwyni drain gan flaidd yn y nos, heb neb o gwmpas i'ch achub. Os taw chwilio am lyfr yn llawn amserau da, cyffrous, ydych chi, mae'n flin gen i ddweud wrthych nad hwn yw'r llyfr i chi. Ychydig iawn o 'amserau da' gewch chi wrth ddilyn y Baudelairiaid. Digwyddiadau diddiwedd o ddiflas ddaeth i'w rhan nhw erioed, a phrin y galla i oddef rhoi'r cyfan ar bapur ar eich cyfer.

Os nad ydych chi'n chwilio am hanesion llawn tristwch a dagrau, dyma'r cyfle olaf gewch chi i roi'r llyfr hwn heibio, achos mae anffawd y Baudeleriaid yn dechrau yn y paragraff nesaf un.

"Sbiwch be sy gen i ichi," meddai Mr Poe gan wenu o glust i glust. "Losin mintys!" Ar ôl i'w rhieni farw, Mr Poe oedd y dyn yn y banc a gafodd ei roi yng ngofal popeth yn ymwneud â'r tri phlentyn. Dyn caredig iawn oedd Mr Poe ond, weithiau, dyw bod yn garedig ddim yn ddigon yn y byd hwn, yn enwedig os ydych chi'n gyfrifol am gadw plant yn saff. Er ei fod e'n adnabod y plant er pan oedden nhw'n ddim o beth, doedd Mr Poe byth yn gallu cofio eu bod nhw'n dioddef o alergedd i losin mintys.

"Diolch, Mr Poe," atebodd Violet gan gymryd y bag papur ac edrych ar ei gynnwys. Fel y rhan fwyaf o blant pedair ar ddeg oed, roedd hi'n llawer rhy gwrtais i ddweud y byddai bwyta losin mintys yn codi'r pych arni – ymadrodd sydd yma'n golygu y byddai'r losin yn "troi ei chroen yn goch ac yn goslyd". Doedd Violet ddim yn talu llawer o sylw i Mr Poe, p'run bynnag. Pan oedd ei gwallt wedi'i glymu'n ôl mewn rhuban, fel yr oedd y funud hon, roedd e'n golygu bod ei meddwl yn llawn gêrs ac olwynion a dolenni a phethau felly – achos doedd dim byd yn well ganddi na dyfeisio pethau. Yr eiliad honno roedd hi'n ceisio meddwl am ffordd o gael injan y Chwit-chwat i weithio'n lanach, fel nad oedd yr holl gymylau afiach 'na o fwg yn halogi'r awyr. Byddwch yn gwybod yn barod, rwy'n siŵr, bod 'halogi' yn golygu "gwneud rhywbeth yn frwnt ac afiach".

"Caredig iawn," oedd ymateb Klaus i gynnig Mr Poe. Ef oedd y plentyn canol, ac wrth wenu ar y dyn dychmygai fel y byddai ei dafod yn chwyddo petai e hyd yn oed yn llyfu'r losin. Tynnodd ei sbectol i'w rhwbio'n lân, gan feddwl cymaint yn fwy caredig fyddai Mr Poe wedi bod petai e wedi prynu llyfr iddo'i ddarllen yn lle losin i'w bwyta. Un hoff iawn o ddarllen oedd Klaus, a phan ddaeth i ddeall yn ei barti pen-blwydd yn wyth oed ei fod yn diodde o alergedd, aeth ati'n syth i ddarllen popeth oedd ar gael am alergedd yn llyfrgell ei rieni. Hyd yn oed bedair blynedd yn ddiweddarach, gallai adrodd o'i gof y fformwlâu cemegol a achosai i'w dafod chwyddo.

"Bych!" gwichiodd Sunny. Baban oedd hi, yr iengaf o'r tri, ac fel y rhan fwyaf o fabanod siaradai mewn geiriau nad oedd yn hawdd deall eu hystyr. Yr hyn a olygai "Bych!" mwy na thebyg oedd, "Dwi erioed wedi bwyta losin mintys, ond mae gen innau hefyd alergedd, mwy na thebyg," ond allech chi byth â bod yn gwbl siŵr. Efallai mai'r ystyr oedd, "'Swn i'n hoffi cnoi losin mintys â 'mhedwar dant miniog, ond fiw imi wneud rhag ofn imi fod yn sâl."

"Rhywbeth ichi gnoi arno yn y tacsi ar y daith i dŷ Mrs Anwhistle," meddai Mr Poe wrth beswch i'w hances wen. Roedd annwyd parhaus ar Mr Poe, mae'n ymddangos, achos roedd y plant wedi hen arfer gwrando arno'n mynd trwy'i bethau am yn ail â ffrwydradau annifyr ei drwyn a'i lwnc. "Mae'n flin iawn ganddi na all fod yma i'ch croesawu ar y lanfa, ond mae arni ofn y lle, mae'n debyg."

"Pam fyddai arni ofn glanfa gychod?" gofynnodd Klaus gan sbio o'i gwmpas ar y cychod hwylio.

"Mae popeth am Lyn Dagrau yn codi ofn arni," atebodd Mr Poe, "ond all hi ddim dweud pam. Efallai mai marwolaeth ei gŵr sydd wrth wraidd y peth. Dim ond yn ddiweddar y collodd eich Bopa Josephine ei gŵr … Gair arall am 'fodryb' yw Bopa, wyddoch chi, a dyw hi ddim yn fodryb go iawn ichi, wrth gwrs – chwaer-yng-nghyfraith eich ail gefnder yw hi mewn gwirionedd – ond mae hi am ichi ei galw'n Bopa Josephine. Ta waeth am hynny! Efallai i'w gŵr foddi neu gael ei ladd mewn damwain ar y llyn. Hyfdra fyddai holi gormod am farwolaeth ei gŵr, a hithau heb fod yn weddw'n hir. Nawr, rhaid inni drefnu tacsi ar eich cyfer …"

"Beth yw ystyr hynny?" gofynnodd Violet.

"Mae 'gweddw' yn golygu eich bod chi wedi colli'ch partner," eglurodd Mr Poe. "Gwraig weddw yw Bopa Josephine, ond petai hi'n ddyn mi fydde'n cael ei galw'n 'ŵr gweddw'."

"Na, nid 'gweddw'," mynnodd Violet. "'Hyfdra'!"

"O, wela i! Gair arall am fod yn haerllug neu'n ansensitif yw 'hyfdra'," atebodd Mr Poe. "Nawr, dewch ymlaen ..." Yn wahanol i'r arfer, wrth siarad, roedd e wedi bod yn chwifio'i hances boced yn yr awyr i wneud rhywbeth ar wahân i ddal peswch a sychu'i drwyn. Stopiodd rhyw dacsi'n stond wrth eu hymyl, a chyn pen dim roedd cesys y plant yn ddiogel yng nghist y cerbyd a hwythau'n saff ar y sedd gefn.

"Rhaid imi ddweud ffarwél wrthych chi yma," meddai Mr Poe. "Mae'r banc wedi agor yn barod, ac os nad af i'n ôl yno nawr rwy'n ofni na chaiff fawr o waith ei wneud drwy'r dydd. Cofiwch fi at Bopa Josephine, a dywedwch wrthi y bydda i'n siŵr o gadw mewn cysylltiad." Oedodd i godi'r hances at ei geg drachefn cyn mynd yn ei flaen. "Dyw hi ddim wedi arfer cael tri o blant yn y tŷ, cofiwch. Mae hi braidd yn nerfus. Ond rwy wedi addo iddi eich bod chi'n blant da dros ben. Dim camfihafio, a dim anghwrteisi, felly …"

"Chaiff hi ddim hyfdra oddi wrthon ni," sicrhaodd Klaus ef.

"Na, rwy'n siŵr y bydd popeth yn iawn y tro hwn," cytunodd Mr Poe, gan edrych ar y plant fel petai e'n dal i gredu mai arnyn nhw roedd y bai bod Wncwl Mald wedi marw.

"Da bo chi," oedd unig ymateb Violet, wrth roi'r losin yn ei phoced. Roedd hi'n dechrau gofidio tybed sut un fyddai Bopa Josephine, a doedd arni fawr o awydd dweud mwy na hynny.

"Da bo chi," meddai Klaus, gan gymryd cip olaf ar y cychod pren a angorwyd wrth Lanfa Damocles.

"Iym!" sgrechiodd Sunny, gan gnoi bwcl ei gwregys diogelwch.

"Da bo chi," atebodd Mr Poe, " a phob dymuniad da. Fe fydda i'n meddwl am y Baudelairiaid mor amal ag y galla i."

Estynnodd arian i yrrwr y tacsi a chododd law ar y plant wrth i'r cerbyd wibio ymaith ar hyd y stryd garegog. Roedd yno siop fwyd gyda bareli o ffrwythau a llysiau allan ar ymyl y lôn. Roedd yno siop ddillad o'r enw Jawch, Mae'n Ffito!, oedd yn edrych fel petai ar ganol cael ei hymestyn. Roedd yno dŷ bwyta erchyll yr olwg o'r enw y Clown Pryderus, gyda goleuadau neon a balŵns yn y ffenestri. Ond yn fwy na dim, yr hyn oedd i'w weld oedd siopau wedi cau, gyda phren neu fetel yn gorchuddio pob drws a ffenestr.

"Lle gwag iawn yw'r dre' 'ma, yn ôl pob golwg," sylwodd Klaus. "Ro'n i wedi gobeithio y gallen ni wneud ffrindiau newydd yma."

"Nid hwn yw'r tymor prysur," meddai'r gyrrwr, dyn tenau a sigarét denau'n hongian o'i geg, gan edrych ar y plant yn y drych. "Tref wyliau yw Llyn Dagrau, a phan ddaw'r tywydd braf mae'r torfeydd yn heidio yma. Ond yr adeg hyn o'r flwyddyn, mae pethau mor farw â'r gath yrres i trosti gynnau. I wneud ffrindiau newydd, rhaid i chi aros i'r tywydd wella. A sôn am dywydd, fe ddylai'r Corwynt Herman gyrraedd o fewn yr wythnos. Gwell ichi wneud yn siŵr bod digon o fwyd 'da chi lan yn y tŷ."

"Corwynt ar lyn?" gofynnodd Klaus. "Ro'n i'n meddwl mai dim ond ger cefnforoedd y caech chi gorwyntoedd."

"Mae unrhyw beth yn bosib ger corff o ddŵr mor fawr â Llyn Dagrau," meddai'r gyrrwr. "A dweud y gwir, fe fyddwn i'n teimlo'n nerfus iawn petawn i'n byw ar ben bryn. Pan ddaw'r storm, fydd hi ddim yn hawdd gyrru i lawr i'r dref."

Edrychodd Violet, Klaus a Sunny drwy'r ffenestr a gallent weld achos gofid y gyrrwr. Roedd y tacsi newydd droi rownd un tro olaf ar y ffordd a chyrraedd pen uchaf, moel, y bryn. Ymhell bell, bell oddi tanynt roedd y dref, gyda'r strydoedd caregog yn gwau fel nadroedd o gwmpas yr adeiladau, a'r bobl fel smotiau bach yn symud o gwmpas ar ymylon Glanfa Damocles. A thu hwnt i'r lanfa roedd Llyn Dagrau fel blob o inc, yn dywyll a chawraidd, fel petai rhyw anghenfil yn sefyll uwchben y plant gan daflu'i gysgod enfawr trostynt ac ymhell i lawr i'r pellter oddi tanynt. Am eiliad, rhythodd y tri i grombil y llyn fel petaen nhw wedi cael eu hypnoteiddio ganddo.

"Mae'r llyn yn anferth," meddai Klaus, "ac mae'n

edrych yn anhygoel o ddwfn. Bron na alla i ddeall pam fod ar Bopa Josephine ei ofn."

"Mae ofn y llyn ar y wraig sy'n byw fan hyn?" gofynnodd y gyrrwr tacsi.

"Yn ôl y sôn," atebodd Violet.

Ysgydwodd y gyrrwr ei ben a stopiodd y cerbyd. "Wn i ddim sut all hi ddiodde'r lle, 'te."

"Pam?" holodd Violet.

"Ydych chi wedi bod yn y tŷ o'r blaen?"

"Naddo, erioed," atebodd Klaus. "'Dy'n ni ddim hyd yn oed wedi cwrdd â Bopa Josephine."

"Wel, os nad yw'ch Bopa Josephine chi'n hoff o ddŵr," eglurodd y dyn, "wn i ddim sut gall hi oddef byw yn y tŷ hwn."

"Am beth y'ch chi'n sôn?" gofynnodd Klaus.

"Wel, edrych!" atebodd y gyrrwr gan gamu allan o'i gerbyd.

Edrychodd y Baudelairiaid. Ar yr olwg gyntaf, y cyfan welen nhw oedd adeilad sgwâr, fel bocs, fawr mwy o faint na'r tacsi ei hun, gyda drws gwyn a'r paent yn pilo oddi arno. Ond wrth iddynt ddod o'r car fesul un a sbio'n fwy gofalus, gallent weld mai dim ond rhan fechan o'r tŷ ar ben y bryn oedd y darn sgwâr. Roedd y gweddill ohono – fel clwstwr o focsys sgwâr wedi'u glynu at ei gilydd – yn hongian dros y dibyn ar goesau hir, tenau, fel coesau pry cop. I'r tri phlentyn amddifad, edrychai'r tŷ fel petai'n ceisio dal ei afael ar y graig am ei einioes.

Tynnodd y gyrrwr gesys y plant o gist y car a'u gadael nhw wrth y drws gwyn. Yr unig ffarwél glywson nhw oedd *Twt!* y corn wrth i'r tacsi wneud ei ffordd i lawr y rhiw drachefn.

Gwichiodd y drws gwyn wrth agor yn araf, ac yno'n sefyll o'u blaenau roedd gwraig welw'r olwg gyda'i gwallt gwyn yn belen uchel ar ei phen.

"Hylô," dywedodd. "Fi yw Bopa Josephine."

"Hylô," meddai Violet yn wyliadwrus, gan gamu ymlaen i gwrdd â'i gwarchodwr newydd. Y tu ôl iddi, gwnaeth Klaus yntau'r un peth, gyda Sunny'n cropian wrth ei sawdl. Camau gofalus ac araf iawn gymerodd y tri, fel petai arnyn nhw ofn y byddai eu pwysau'n ddigon i wneud i'r tŷ syrthio oddi ar ei goesau bregus.

Yn dawel bach, roedd y tri'n holi eu hunain sut

gallai unrhyw un oedd ag ofn Llyn Dagrau fyw mewn tŷ oedd yn edrych fel petai ar fin syrthio i'w ddyfnderoedd unrhyw funud.

"Rheiddiadur yw hwn," meddai Bopa Josephine gan godi un o'i bysedd gwelw, main i gyfeirio at y teclyn gwresogi oedd yn sownd wrth y wal. "Da chi, peidiwch byth â chyffwrdd ynddo. Fydda i byth yn defnyddio'r rheiddiaduron, rhag ofn iddyn nhw ffrwydro. Dyna pam mae hi'n aml yn oer iawn yma, yn enwedig fin nos."

Edrychodd Violet a Klaus ar ei gilydd am ennyd, ac edrychodd Sunny ar y ddau ohonynt. Wrthi'n mynd â nhw o gwmpas ei chartref oedd Bopa Josephine ac, roedd yn ymddangos fel pe bai arni ofn popeth dan haul. Dyna ichi'r mat a'r gair

Croeso arno wrth ddrws y ffrynt i ddechrau – fe allai rhywun faglu trosto a thorri'i wddf, medde hi. Ac yna, roedd y soffa'n berygl bywyd. Petai hi'n troi drosodd, fe allai rhywun fygu oddi tani.

"Dyma'r ffôn," meddai hi wedyn, gan gyfeirio at y teclyn priodol. "Mewn argyfwng yn unig y dylid defnyddio'r ffasiwn beth, rhag ofn ichi gael eich trydaneiddio."

"Fel mae'n digwydd," meddai Klaus, "rwy'n gwybod eitha tipyn am drydan, ac mae'r ffôn yn ddyfais gwbl ddiogel."

Gwnaeth Bopa Josephine gryn sioe o dwtio'i gwallt wrth glywed hynny, cyn ychwanegu, "Allwch chi ddim credu popeth ry'ch chi'n ei ddarllen."

"Dw inne'n gwybod sut mae ffôn yn gweithio," meddai Violet. "Fe allwn i dynnu hwn yn ddarnau a dangos ichi. Wedyn, fydde dim rheswm 'da chi dros ei ofni, fydde fe?"

"Dim diolch," atebodd Bopa Josephine gan wgu.

"Delmo!" cynigiodd Sunny, oedd yn golygu "Os hoffech chi, fe allen i gnoi'r ffôn i ddangos ichi peiriant mor ddiniwed yw e."

"Delmo?" gofynnodd Bopa Josephine, gan blygu i godi darn o fflwff oddi ar y carped blodeuog. "Beth yn y byd yw ystyr 'Delmo'? Rwy'n gryn awdurdod ar yr iaith Gymraeg, a chlywes i erioed mo'r gair hwn o'r blaen."

"Dyw Sunny ddim yn siarad yn rhugl eto," eglurodd Klaus. "Geiriau babïaidd mae hi'n eu defnyddio, gan fwyaf."

"Wfft-ych!" protestiodd Sunny, oedd mwy na thebyg yn golygu "Babïaidd? Fi? Paid â'u malu nhw!"

"Wel, bydd raid inni ddysgu geiriau go iawn iddi," mynnodd Bopa Josephine yn swta. "Rwy'n siŵr y gallwch chi i gyd elwa o loywi'ch gramadeg. Gramadeg yw'r peth hyfrytaf mewn bywyd, yntê?"

Edrychodd y tri ar ei gilydd. Dyfeisio pethau oedd y peth hyfrytaf mewn bywyd i Violet. Darllen oedd hoff beth Klaus. Ac wrth gwrs, i Sunny, doedd dim yn well na chnoi pethau. I blant y Baudelairiaid, roedd meddwl am ramadeg – yr holl reolau am sut i siarad ac ysgrifennu'n gywir – fel meddwl am lobsgows digon cyffredin: ocê, ond dim byd i gadw reiat yn ei gylch. Ond byddai tynnu'n groes yn hyfdra a thybiodd Violet mai gwell oedd cytuno.

"Ie'n wir," meddai. "Un o'n hoff bethau ni – gramadeg!"

Plesiwyd Bopa Josephine a gwenodd yn gynnes ar y plant. "Wel, dewch i weld eich ystafell, a chawn fynd o gwmpas gweddill y tŷ ar ôl cinio. Rhaid gwthio'r pren fel hyn i gael mynediad. Peidiwch â throi'r ddolen, da chi. Dwi wastad yn ofni y gallai falu'n deilchion, a darn ohoni'n fy nallu."

Dechreuodd y plant ofni na fydden nhw'n cael cyffwrdd â bron ddim, ond gwenodd y tri arni, gan wthio pren y drws a chamu i mewn i ystafell eang, olau, gyda muriau gwyn a charped glas ar lawr. Roedd ynddi ddau wely o gryn faint, a chòt mawr ar gyfer Sunny. Gwrthban glas oedd yn gorchuddio'r gwelyau, ac wrth droed y ddau roedd cist fawr i ddal eu trugareddau. Ym mhen pella'r ystafell, roedd wardrob i ddal eu dillad, ffenestr fechan i edrych allan trwyddi a phentwr o ganiau i pwy-a-ŵyr-beth!

"Mae'n flin gen i na alla i roi ystafell yr un ichi," meddai Bopa Josephine, "ond lle bach yw'r tŷ hwn, mewn gwirionedd. Gobeithio bod yma bopeth fyddwch chi ei angen, ac y byddwch chi'n gyfforddus yma."

"Dwi'n siŵr y byddwn ni," meddai Violet gan roi ei chês ar y llawr. "Llawer o ddiolch, Bopa Josephine."

"Ym mhob un o'r cistiau," meddai hithau, "fe welwch chi fod 'na anrheg i bob un ohonoch."

Anrhegion? Doedd y Baudelairiaid ddim wedi wedi derbyn anrhegion ers amser hir iawn, iawn. Aeth Bopa Josephine draw at y gist gyntaf a'i hagor, dan wenu. "I Violet," meddai, "mae 'na ddoli newydd sbon gyda sawl set o ddillad iddi eu gwisgo." Tynnodd ddol blastig gyda cheg gul a llygaid mawr, marwaidd yr olwg, o'r gist. "Tydi hi'n ddigon o ryfeddod? Delyth Dlos yw ei henw."

"O, diolch," meddai Violet. Roedd hi'n bedair ar ddeg erbyn hyn, ac yn rhy hen ar gyfer doliau a dweud y gwir. A bod yn onest, doedd hi erioed wedi bod â llawer o ddiddordeb mewn chwarae â doliau. Gorfododd ei hun i wenu, gan gymryd Delyth Dlos o law Bopa Josephine a rhoi ei llaw mor gariadus ag y gallai ar y pen plastig.

"Ar dy gyfer di, Klaus," aeth Bopa Josephine yn ei blaen, "mae 'na set trên." Un cerbyd trên bach unig dynnodd hi o'r ail gist, fel arwydd o'i anrheg. "Bydd digon o le yn y gornel bella 'na i osod y tracs i gyd."

"Waw!" meddai Klaus, gan geisio swnio'n frwdfrydig. Doedd e erioed wedi cymryd fawr o ddiléit mewn modelau o drênau. Roedd rhoi'r holl ddarnau at ei gilydd yn waith caled, ac ar ddiwedd y dydd y cyfan oedd yna oedd trac diddiwedd nad oedd yn mynd i unman.

"Yn olaf," meddai Bopa Josephine, gan estyn ei llaw i mewn i'r gist leiaf, wrth droed y còt, "i ti, Sunny, mae gen i ryg-a-rug. Gwrandewch ar y sŵn!"

Gwenodd Sunny, gan ddangos ei phedwar dant mawr i Bopa Josephine. Fe wyddai ei brawd a'i chwaer na fyddai ratl yn ei difyrru o gwbl. Roedd yn gas ganddi'r sŵn di-ddim a ddeuai ohono. O'r holl bethau a gollodd Sunny yn y tân a ddinistriodd eu cartref, ei ryg-a-rug oedd yr unig beth roedd hi'n falch gael gwared arno.

"'Dach chi'n hael iawn wrthon ni," meddai Violet, oedd yn rhy gwrtais i ychwanegu nad oedd yr un o'r anrhegion yn plesio rhyw lawer.

"Mae'n bleser eich cael chi yma," meddai Bopa Josephine. "Rwy wrth fy modd yn cael rhannu fy hoffter o gywirdeb iaith gyda thri phlentyn hyfryd fel chi. Nawr, gwnewch eich hunain yn gartrefol. Fe gawn ni swper toc. Hwyl am y tro!"

"Bopa Josephine," gofynnodd Klaus, "beth yw pwrpas y caniau 'na draw fan'na?"

"Y caniau? I faglu lladron, wrth gwrs," atebodd, gan roi ei llaw ar y belen wallt ar ei chorun. "Mae'n siŵr eich bod chi, fel fi, yn ofni lladron. Rhowch y caniau wrth ddrws eich ystafell cyn mynd i gysgu. Yna, os bydd lleidr yn torri i mewn ac yn ceisio dod i'ch ystafell, fe fyddwch chi'n siŵr o gael eich deffro gan y sŵn."

"A wedyn, beth ddigwyddith?" holodd Violet. "Fe fyddwn ni ar ddihun mewn ystafell gyda lleidr crac iawn. Bydde'n well gen i gysgu trwy ladrad, heb gael 'y neffro."

"Lleidr *crac*?" Agorodd Bopa Josephine ei llygaid led y pen wrth ailadrodd geiriau Violet. Roedd ei hofn yn amlwg. "Lleidr *crac*? Beth yw'r holl sôn yma am

ladron crac? Wyt ti am godi hyd yn oed mwy o ofn ar
y pedwar ohonon ni?"

"Na, ddim o gwbl," prysurodd Violet i ateb.
Doedd hi ddim am dynnu sylw Bopa Josephine at y
ffaith mai hi ei hun oedd wedi sôn am y peth gyntaf.

"Dyna daw ar y mater, felly," meddai'r fodryb, gan
edrych yn bryderus i gyfeiriad y pentwr caniau, fel
petai lleidr yn baglu'i ffordd trostynt wrth iddi siarad.
"Fe welaf chi wrth y bwrdd swper ymhen ychydig
funudau."

Caeodd eu gwarchodwr newydd y drws a
gwrandawodd y tri phlentyn ar ei chamau'n diflannu
ar hyd y cyntedd cyn dechrau siarad.

"Fe all Sunny gael Delyth Dlos," meddai Violet
gan estyn y ddoli i'w chwaer fach. "Dwi'n meddwl
bod y plastig yn ddigon caled iddi gnoi arno."

"Ac fe gei di'r trênau, Violet," meddai Klaus.
"Efallai y galli di dynnu pob injan yn racs jibidêrs a
dyfeisio rhywbeth newydd gyda nhw."

"Bydd hynny'n gadael y ryg-a-rug 'da ti, Klaus,"
meddai Violet. "Go brin bod hynny'n fargen deg."

"Calŵ!" sgrechiodd Sunny, oedd yn golygu

rhywbeth fel, "Pryd oedd y tro diwethaf i'r un ohonon ni gael bargen deg?"

Edrychodd y Baudelairiad ar ei gilydd gan wenu'n chwerw. Roedd Sunny'n iawn. Doedd hi ddim yn deg bod eu rhieni wedi cael eu lladd. Doedd hi ddim yn deg bod y dyn aflan hwnnw, Iarll Olaf, yn eu dilyn i bobman mor ddidrugaredd, gan falio am ddim byd ond cael ei ddwylo ar eu ffortiwn. Doedd hi ddim yn deg eu bod nhw'n cael eu symud o un berthynas i'r llall, gyda phob un ohonyn nhw'n dod i ddiweddglo truenus. Roedd fel petaen nhw'n teithio ar fws nad oedd yn aros wrth yr un arhosfan os nad oedd annhegwch a diflastod yno'n disgwyl amdanynt. Ac yn sicr doedd hi ddim yn deg mai ryg-a-rug oedd yr unig beth oedd gan Klaus i chwarae ag ef nawr yn ei gartref newydd.

"Mae Bopa Josephine yn amlwg wedi gweithio'n galed i gael popeth yn barod ar ein cyfer," dywedodd Violet yn feddylgar. "Mae ei chalon hi yn y lle iawn. Ddylen ni ddim grwgnach – ddim hyd yn oed ymysg ein gilydd."

"Ti'n iawn," meddai Klaus, gan godi ei ryg-a-rug

a'i ysgwyd yn ysgafn. "Ddylen ni ddim cwyno."

"Uno!" gwichiodd Sunny wedyn, gan olygu "Chi sy'n iawn, sbo! Ddylen ni ddim cwyno."

Cerddodd Klaus draw at y ffenestr ac edrych draw dros y tirlun o'i flaen. Roedd yr haul yn machlud yn araf dros ddyfnderoedd duon Llyn Dagrau, ac awel fain yn dechrau codi. Hyd yn oed trwy drwch y gwydr yn y ffenestr, gallai deimlo'r oerfel. "Cwyno wna i, serch hynny," sibrydodd iddo'i hun.

"Mae'r cawl bron yn barod!" Daeth llais Bopa Josephine o'r gegin. "Dewch at y bwrdd."

Gafaelodd Violet yn ysgwydd Klaus a'i gwasgu'n ysgafn i'w gysuro. Yna, heb air ymhellach, i lawr y cyntedd â nhw i gyfeiriad yr ystafell fwyta. Roedd y bwrdd wedi'i osod i bedwar, gyda chlustog mawr ar un gadair a phentwr arall o hen ganiau mewn un cornel, rhag ofn i neb geisio dwyn eu swper.

"Dwi'n falch fod cawl i swper," meddai Violet. "Rhywbeth cynnes a chartrefol. Dyna'n gwmws beth sy ei angen ar noson fel heno, a hithe'n dechre oeri."

"Dyw'r cawl ddim yn dwym," meddai Bopa Josephine. "Fydda i byth yn coginio prydau poeth, achos mae arna i ofn cynnau'r stôf. Fe allai chwythu fflamau peryglus i bob cyfeiriad. Cawl ciwcymbr oer yw hwn."

Edrychodd y plant ar ei gilydd gan geisio cuddio'u siom. Does dim o'i le ar gawl ciwcymbr oer. Yn wir, mae'n ardderchog ar ddiwrnod crasboeth o haf. Un tro, pan oeddwn yn yr Aifft yn ymweld â ffrind imi oedd yn swynwr seirff, rwy'n cofio ei fwynhau'n arw iawn. Mae mymryn o flas mintys arno pan gaiff ei baratoi'n dda, ac mae fel yfed diod fendigedig o oer yn ogystal â bwyta rhywbeth maethlon. Ond pleser i'w fwynhau pan mae pawb yn sychedig a phoeth yw hynny. Ar ddiwrnod oer, mewn ystafell ddrafftiog, dyw e ddim hanner cystal. Yn wir, bryd hynny, mae e fel cael pla o wenyn mewn picnic.

Mewn tawelwch llwyr, eisteddodd y pedwar wrth y bwrdd a gwnaeth y plant eu gorau glas i lyncu'r trwyth llysnafeddog. Mae 'llysnafeddog' yma'n golygu 'yn drwchus ac oer ac yn glynu i'ch llwnc fel pâst papur wal'. Yr unig sŵn i'w glywed oedd rhincian dannedd Sunny wrth iddi wthio'r cawl fesul llwyaid i mewn i'w cheg. Wrth gwrs, pan does neb yn siarad wrth y bwrdd bwyd, mae'r pryd wastad yn teimlo fel tase fe'n mynd i bara am byth.

"Chafodd fy annwyl ŵr a minnau ddim plant," meddai Bopa Josephine o'r diwedd. "Roedd arnon ni ormod o ofn. Ond rwy am ichi wybod 'mod i'n hapus iawn eich bod chi yma. Gall bywyd fod yn unig iawn weithiau, lan ar ben bryn fel hyn, a phan ysgrifennodd Mr Poe ata i gyntaf i sôn am eich holl drafferthion, do'n i ddim am ichi fod mor unig ag y bues i pan gollais i Eic."

"Eic oedd eich gŵr chi, ife?" gofynnodd Violet.

Gwenodd Bopa Josephine, ond wnaeth hi ddim troi i edrych ar Violet. Roedd fel petai hi'n siarad â hi'i hun. "Ie," atebodd mewn llais pell i ffwrdd. "Y fe oedd 'y ngŵr i, ond roedd e'n llawer mwy na hynny. Fe oedd fy ffrind gorau, yn caru gramadeg llawn cymaint â mi, a'r unig ddyn i mi ei gyfarfod erioed allai chwibanu gyda'i geg yn llawn bisgedi."

"Fe alle'n mam ni wneud hynny hefyd," honnodd Klaus gyda gwên. "Pedwaredd symffoni ar ddeg Mozart oedd ei ffefryn."

"Pedwerydd pedwarawd llinynnol Beethoven oedd

24

ffefryn Eic," dywedodd Bopa Josephine. "Rhaid bod
y ddawn yn rhedeg yn y teulu."

"Dyna drueni na gwrddon ni ag e erioed," meddai
Violet. "Mae'n swnio'n gariad o ddyn."

"*Roedd* e'n ddyn hyfryd," meddai Bopa Josephine
gan droi ei chawl â'r llwy a chwythu arno, er ei fod
cyn oered ag iâ. "Pan fuodd e farw, ro'n i'n sobor o
drist, fel taswn i wedi colli'r ddau beth pwysicaf yn fy
'mywyd."

"Dau beth?" gofynnodd Violet. "Beth y'ch chi'n
feddwl?"

"Fe golles i Eic ac fe golles i Lyn Dagrau,"
atebodd y fodryb. "Wrth gwrs, dyw Llyn Dagrau
ddim wedi diflannu, fel Eic. Mae'n dal yno, i lawr yn
y dyffryn. Ond fe ges i fy magu ar lan y llyn. Ro'n i'n
arfer nofio ynddo bob dydd. Ro'n i'n gwybod pa
draethau oedd yn dywodlyd a pha rai oedd yn
garegog. Ro'n i'n gyfarwydd â'r ynysoedd ynghanol y
dyfroedd a'r gwahanol ogofâu sydd ar hyd y glannau.
Ffrind oedd Llyn Dagrau bryd hynny. Ond pan
gymerodd y ffrind hwnnw Eic oddi arna i, roedd arna
i ormod o ofn mynd ar ei gyfyl wedyn. Fydda i byth

yn nofio nawr, na byth yn mynd yn agos at un o'r traethau. Cafodd hyd yn oed y llyfrau am y llyn eu rhoi o'r golwg. Yr unig ffordd y galla i ddioddef edrych ar y dŵr 'na yw trwy'r Ffenestr Lydan yn y llyfrgell."

"Llyfrgell?" Bywiogodd Klaus wrth holi. "Mae 'da chi lyfrgell?"

"Wrth gwrs," atebodd Bopa Josephine. "Ym mhle arall fyddwn i'n cadw'r holl lyfrau gramadeg sydd gen i? Os yw pawb wedi gorffen eu cawl, fe ddangosa i'r llyfrgell ichi."

"Allwn i ddim llyncu'r un llwyaid arall," meddai Violet yn onest.

"Slwsh!" cytunodd Sunny.

"Na, na, Sunny!" meddai Bopa Josephine. "Pa fath o air yw 'Slwsh'? Dyw e ddim yn bodoli. 'Rydw innau hefyd wedi gorffen fy swper hefyd' yw'r ymadrodd cywir."

"Slwsh!" mynnodd Sunny.

"Mae ffordd bell 'da ni i fynd i gael Sunny i siarad yn ramadegol gywir," oedd ymateb Bopa Josephine. "Rheswm da arall dros ddangos y llyfrgell ichi."

Gan adael y powlenni o gawl nad oedd neb am ei fwyta, dilynodd y plant eu modryb i lawr y coridor. Cymerodd y tri ofal i beidio â chyffwrdd â dolenni'r drysau.

Yna arhosodd Bopa Josephine wrth ddrws a edrychai fel drws cyffredin, ond pan agorwyd ef gallai'r plant weld nad ystafell gyffredin oedd yr ochr arall iddo o gwbl.

Nid ystafell sgwâr na hirsgwar oedd y llyfrgell, ond hirgron. Hynny yw, roedd hi'r un siâp â phêl rygbi. Ar hyd un ochr roedd llyfrau – rhesi ar resi ohonynt, a phob cyfrol yn ymwneud ag iaith a gramadeg. Roedd yno wyddoniadur enwau ar gyfres o silffoedd pren a gerfiwyd i gyd-fynd â chromen y wal. Roedd yno gyfres o lyfrau trwchus ar hanes berfau a gâi eu cadw ar silffoedd metel, llachar. Ac mewn rhes o gesys arddangos gwydr roedd llawlyfrau ar ansoddeiriau, treigladau, odlau od, a rhyfeddodau eraill yn ymwneud ag iaith. Ynghanol yr ystafell roedd cadeiriau esmwyth a stôl fach wrth ymyl pob un er mwyn ichi allu rhoi'ch traed i fyny a bod yn wirioneddol gysurus wrth ddarllen.

Ond er cymaint o ryfeddod oedd hyn i gyd, y wal arall, gyferbyn, oedd yr un a dynnodd sylw'r plant. O'r llawr i'r nenfwd, doedd yno ddim byd ond ffenestr – un darn anferth o wydr, a golygfa ysblennydd o Lyn Dagrau i'w gweld drwyddi. Wrth i'r plant gerdded draw i'r fan lle'r oedd y ffenestr yn crymu fel bola dros y dŵr, teimlai'r tri nad jest edrych ar y llyn oedden nhw, ond hedfan trosto, fry uwchben y dŵr du.

"O fan hyn yn unig y galla i ddiodde edrych ar y dŵr 'na nawr," meddai Bopa Josephine yn dawel. "O bellter. Os af i'n nes, rwy'n cofio'r picnic olaf hwnnw gawson ni ar y traeth; fi a'm hannwyl Eic. Fe rybuddiais i e y dylai aros awr gyfan ar ôl bwyta cyn mentro'n ôl i'r dŵr. Dim ond tri chwarter awr fuodd e, chi'n gweld."

"Gafodd e gramp?" gofynnodd Klaus. "Dyna sy'n gallu digwydd, yntefe, os ewch chi i nofio lai nag awr ar ôl bwyta?"

"Mae hwnnw'n un rheswm pam ei bod hi'n beryglus mynd i nofio ar stumog lawn," atebodd Bopa Josephine, "ond yn Llyn Dagrau, mae 'na

28

berygl arall hefyd. Gall Gelenod Llyn Dagrau wynto bwyd arnoch chi ac ymosod."

"Gelenod?"

"Ie, Violet," eglurodd Klaus. "Creaduriaid tebyg i fwydod yw gelenod, sy'n byw mewn dŵr ac sy'n gallu glynu ar eich corff a sugno'ch gwaed."

"Ych-a-fi!" meddai Violet.

"Swodr!" gwichiodd Sunny. Ystyr hynny, mwy na thebyg, oedd "Pam yn y byd fydde neb moyn nofio mewn llyn llawn gelenod?"

"Dyw Gelenod Llyn Dagrau yn ddim byd tebyg i elenod cyffredin," eglurodd Bopa Josephine. "Mae gan bob un ohonyn nhw chwe rhes o ddannedd miniog – ac mae trwyn pob un yn feinach byth. Fe allan nhw wynto'r briwsionyn lleiaf o fwyd ymhell, bell i ffwrdd. Ar bysgod bach y byddan nhw'n bwydo fel arfer, ond os gallan nhw wynto arlliw o fwyd ar gorff dynol, fe ddôn nhw'n haid i'w amgylchynu – ac ... wel ... ac ..." Daeth dagrau i'w llygaid a thynnodd hances binc o'i llawes. "Fy ymddiheuriadau, blant. Yn ramadegol, allwch chi ddim gorffen brawddeg yn gywir gyda'r gair 'ac', ond

29

rwy'n colli pob gafael ar gystrawen pan rwy'n meddwl am Eic."

"Ddylen ni ddim sôn am elenod," meddai Klaus ar unwaith. "Y ni oedd ar fai. Mae'n ddrwg gen i."

"Na hidiwch nawr," meddai Bopa Josephine gan chwythu'i thrwyn. "Mae'n well gen i gofio Eic mewn ffyrdd eraill, dyna i gyd. Roedd e wrth ei fodd yn yr haul ac rwy'n hoffi meddwl bod lle bynnag mae e nawr yn gynnes braf. Wrth gwrs, does neb yn gwybod be sy'n digwydd inni ar ôl inni farw, ond mi fydde'n braf meddwl bod 'y ngŵr yn rhywle heulog, poeth, yn bydde?"

"O, bydde!" cytunodd Violet, gan lyncu poer. Ceisiodd feddwl am rywbeth arall i'w ddweud, ond pan fyddwch chi ond wedi 'nabod rhywun am ychydig oriau'n unig, mae'n anodd gwybod beth hoffen nhw 'i glywed. "Ydych chi erioed wedi meddwl am symud i rywle arall i fyw? Pe basech chi'n byw yn rhywle sy'n ddigon pell o'r llyn, efallai y byddech chi'n teimlo'n well."

"Fe fydden ni'n fodlon symud gyda chi," cynigiodd Klaus.

"O, allen i byth werthu'r tŷ hwn," meddai Bopa Josephine. "Mae gwerthwyr tai yn codi'r fath arswyd arna i."

Ciledrychodd y Baudelairiaid ar ei gilydd – ac mae 'ciledrychodd' yma'n golygu eu bod nhw wedi edrych ar ei gilydd 'yn frysiog iawn, yn llawn rhyfeddod ac ar y ciw-ti'. Doedden nhw erioed wedi clywed sôn am neb oedd ag ofn gwerthwyr tai o'r blaen.

Mae 'na ddau fath o ofn: y rhesymol a'r afresymol. Neu mewn geiriau eraill, ofn sy'n gwneud synnwyr ac ofn sy ddim. Er enghraifft, roedd ar y Baudelairiad ofn Iarll Olaf; a roedd hynny'n beth rhesymol iawn, achos dyn drwg yw'r Iarll, sydd am gael gwared â nhw. Ond petai arnyn nhw ofn hufen iâ, byddai hynny'n gwbl afresymol, achos mae hufen iâ'n hyfryd a dyw e erioed wedi gwneud drwg i neb. Peth rhesymol iawn yw ofni bod bwci-bo yn llechu o dan y gwely. Wedi'r cwbl, mae'n bosibl bod yno rhyw fwci-bo go iawn, yn barod i neidio lan a'ch bwyta yn y nos. Ond dyw bod ag ofn pobl sy'n gwerthu tai yn gwneud dim math o synnwyr yn y byd. Mae'n wir weithiau y bydd rhai ohonyn nhw'n gwisgo siacedi o liw melyn cyfoglyd ond, ar wahân i hynny, y peth gwaetha allan nhw ei wneud yw dangos tŷ hyll ichi. A dyw hynny ddim yn rhy arswydus, yn nac ydy? Dim ond dweud 'Na' sydd raid.

Wrth rythu drwy'r ffenestr lydan i ddüwch y nos a'r llyn oddi tanynt, cododd arswyd arall ar y plant – y math o arswyd na allai arbenigwr mwya'r byd ar ofn ddim bod yn siŵr a oedd e'n rhesymol ai peidio. Ofn y Baudelairiaid oedd bod mwy o anffawd ar fin dod i'w rhan. Ar y naill law, roedd hyn yn afresymol. Doedd dim sôn am Iarll Olaf, ac roedd Bopa Josephine yn ymddangos yn fenyw dda. Ar y llaw arall, roedd y Baudelairiaid wedi cael y fath brofiadau erchyll eisoes, roedd e'n rhesymol iddynt ofni bod rhagor o drychinebau rownd y gornel.

Bydd rhai pobl yn mynd trwy fywyd gan gysuro'u hunain â'r frawddeg 'Mae popeth yn gymharol' drwy'r amser. Ystyr hyn yw eu bod nhw'n ceisio cymharu'r pethau diflas neu anffodus sy'n digwydd iddyn nhw â phethau llawer gwaeth sy'n digwydd yr un pryd i bobl eraill, neu sydd wedi digwydd yn y gorffennol. Er enghraifft, 'tase gynnoch chi glamp o hen bloryn mawr hyll ar flaen eich trwyn, fe allech chi geisio meddwl llai am y ploryn trwy geisio dyfalu, yn lle hynny, sut y byddai rhywun sydd ar fin cael ei ladd gan arth yn teimlo. Wedyn, pan fyddech chi'n edrych yn y drych, y gobaith yw na fyddech chi'n teimlo cynddrwg am y ploryn a gallech gysuro'ch hyn â'r frawddeg, 'Mae popeth yn gymharol'.

Gallwch weld yn syth pam nad yw'r ffordd hon o edrych ar bethe'n gweithio'n dda iawn. ('Haws dweud na gwneud', medden nhw – ymadrodd Cymraeg da arall!) Achos pwy all roi ei sylw'n llawn i ddychmygu sut mae dyn sydd ar fin cael ei ladd gan arth yn teimlo, a chithau'n gweld dim byd yn y drych ond y ploryn mawr hyllaf yn y byd sy'n digwydd bod ar flaen eich trwyn.

Felly oedd hi ar y Baudelairiaid dros y dyddiau a ddilynodd. Bob bore, ar ôl codi a mynd i lawr i'r gegin at Bopa Josephine, i gael brecwast o sudd oren a thafell o fara heb ei thostio, byddai Violet yn meddwl, "Wel, o leiaf dwi ddim yn cael fy ngorfodi i baratoi bwyd i Iarll Olaf a'i ffrindiau theatrig ffiaidd." Bob prynhawn, pan fyddai Bopa Josephine yn mynd â nhw i'r llyfrgell i roi gwersi gramadeg iddyn nhw, byddai Klaus yn meddwl, "Wel, o leiaf dyw Iarll Olaf ddim yma i'n cipio i Beriw neu rywle." A phob min nos, pan fydden nhw'n ymuno â Bopa Josephine am swper o sudd oren a chawl oer, byddai Sunny'n meddwl, "Ffiw!" oedd yn golygu rhywbeth fel "Dim golwg o Iarll Olaf. Haleliwia!"

O'i gymharu â'r holl bethau anffodus oedd wedi digwydd iddyn nhw cyn hyn, doedd dim dwywaith nad oedden nhw'n well eu byd gyda Bopa Josephine ond, er gwaethaf hynny, roedden nhw'n dal i deimlo'n anniddig. Yn ei hamser sbâr, byddai Violet yn tynnu'r set trên yn ddarnau, gan geisio dyfeisio rhywbeth a allai baratoi bwyd poeth heb godi ofn ar Bopa Josephine. Yn y bôn, yr hyn hoffai Violet fyddai iddi gynnau'r ffwrn. Er y byddai Klaus yn treulio oriau'n eistedd ar un o gadeiriau esmwyth y llyfrgell gyda llyfr gramadeg yn ei gôl, ei draed yn gorffwys ar stôl a'i lygaid yn crwydro draw dros y llyn, roedd e'n hiraethu'n dawel bach am y dyddiau pan oedd e'n byw gydag Wncl Mald a'i ymlusgiaid. Cnoi Delyth Ddel âi â'r rhan fwyaf o amser Sunny, ac roedd hithau'n hiraethu am gael ei rhieni'n ôl. Bryd hynny, roedd hi a'i brawd a'i chwaer fawr wedi bod yn hapus a diogel.

Anaml iawn y byddai Bopa Josephine yn gadael y tŷ. Roedd gormod o bethau i godi braw arni. Ond un diwrnod, ar ôl i'r plant sôn wrthi bod y gyrrwr tacsi wedi eu rhybuddio bod Corwynt Herman ar y ffordd, cytunodd i fynd â nhw i'r dref i gael bwyd i'r tŷ. Gan nad oedd Bopa Josephine yn hapus yn teithio mewn ceir, rhag ofn i'r drws fynd yn sownd a gwrthod agor, fe gerddon nhw'r holl ffordd i lawr. Erbyn iddyn nhw gyrraedd y farchnad, roedd y plant wedi blino'n lân.

"Ydych chi'n siŵr na chawn ni goginio ichi?" gofynnodd Violet tra edrychai Bopa Josephine ar lond casgen o lemonau. "Pan oedden ni'n byw 'da Iarll Olaf fe ddysgon ni sut i wneud saws puttanesca. Mae e mor hawdd – ac yn gwbl saff."

"Fy nghyfrifoldeb i yw edrych ar eich ôl chi," atebodd hithau gan ysgwyd ei phen. "Rwy am roi cynnig ar wneud caserôl lemwn oer. A rhaid dweud, mae'r Iarll Olaf 'ma'n swnio'n ddyn drwg dros ben. Pwy fasa'n gadael plant mewn cegin lle mae 'na ffwrn ynghynn?"

"Roedd e'n greulon iawn," cytunodd Klaus, heb ychwanegu mai bod mewn cegin gyda ffwrn boeth oedd y lleiaf o'u gofidiau wrth fyw 'da Iarll Olaf. "Mi fydda i weithiau'n cael hunllefau wrth gofio'r tatŵ ar ei bigwrn. Mae e'n ofni fi i gyd."

Crychodd Bopa Josephine ei thrwyn a chodi'i llaw at y belen o wallt ar dop ei phen. "Gwall gramadegol cyffredin iawn, mae arna i ofn, Klaus," meddai. "'Mae e wastad yn codi ofn arna i' yw'r ffordd gywir o ddweud hynny. Mae 'Mae e'n ofni fi i gyd' yn awgrymu bod ar y pigwrn dy ofn di! Wyt ti'n gweld y gwahaniaeth?"

"Ydw, rwy'n gweld y gwahaniaeth," ochneidiodd Klaus. "Diolch am dynnu fy sylw ato."

"Llop!" gwichiodd Sunny, oedd mwy na thebyg yn golygu "Doedd tynnu sylw at y ffaith bod Klaus wedi yngan ei eiriau yn y drefn anghywir ddim yn beth caredig iawn pan oedd e'n sôn am brofiad oedd wedi codi braw arno."

"Na, na, Sunny," cywirodd Bopa Josephine drachefn gan dynnu ei thrwyn o'r rhestr siopa. "Does mo'r ffasiwn air â 'Llop'. Rhaid defnyddio geiriau go iawn. Nawr, Violet, cer i nôl mwy o giwcymerau. Rwy'n credu y cawn ni ragor o gawl ciwcymbr oer cyn diwedd yr wythnos."

Ochneidiodd Violet iddi hi'i hun, gan feddwl, "O, na! Dim swper rhewllyd arall!" Ond ddywedodd hi 'run gair – dim ond gwenu ar Bopa Josephine a chwilio am y ciwcymerau. Roedd y rhesi o stondinau'n llawn bwydydd o bob math, a dychmygai Violet mor braf fyddai cael berwi a rhostio a ffrio'r holl amrywiaeth i greu prydau poeth a blasus. Efallai, un dydd, y câi hi baratoi pryd o'r fath i Bopa Josephine gan ddefnyddio dyfais newydd y byddai hi'i hun wedi'i chreu. Teimlai Violet mor gyffrous wrth feddwl am hyn nes iddi daro yn erbyn rhywun yn ddiarwybod iddi.

"Mae'n flin g –," dechreuodd Violet ymddiheuro, ond pan edrychodd ar y person doedd dim modd iddi orffen y frawddeg. Safai dyn tal, tenau o'i blaen, gyda het morwr, las, ar ei ben a phatsh du dros ei lygad chwith. Roedd e'n gwenu'n frwd arni gan edrych arni fel petai hi'n anrheg pen-blwydd roedd e ar fin rhwygo'r papur lapio oddi arno. Bysedd hir, esgyrnog oedd ganddo a gogwyddai fymryn i un ochr – nid yn annhebyg i dŷ Bopa Josephine yn pwyso dros y clogwyn. Pan edrychodd Violet i lawr drachefn, gallai weld pam. Coes bren oedd ei goes chwith ac fel sy'n gyffredin gyda phobl a chanddyn nhw goes bren, tueddai i roi ei bwysau i gyd ar y goes dda. Dyna a wnâi i'r dyn ogwyddo i'r ochr.

Er nad oedd Violet wedi gweld dyn â choes bren o'r blaen, nid dyna'r rheswm iddi adael ei brawddeg ar ei hanner. Dau beth roedd hi'n fwy na chyfarwydd â nhw oedd yn gyfrifol am hynny. Y naill oedd y disgleirdeb a welai yn llygad y dyn. A'r llall oedd yr un ael hir a redai ar draws ei dalcen.

Gwyddai Violet yn syth mai Iarll Olaf mewn cudd-wisg oedd hwn. Gair cyfansawdd yw 'cudd-wisg', sy'n golygu bod dau air wedi'u rhoi gyda'i gilydd i greu gair arall. Pan fydd dyn yn gwisgo 'cudd-wisg', mae e'n gwisgo dillad neu golur arbennig i guddio pwy yw e ac yn esgus bod yn rhywun arall. Ceir pob math o guddwisgoedd, wrth gwrs, fel y gallwch chi ddychmygu, ond dim ond un ffordd oedd 'na o ddisgrifio cudd-wisg Iarll Olaf yn y farchnad – sobor o sâl.

"Violet, beth yn y byd wyt ti'n ei wneud yn y fan hon?" meddai Bopa Josephine o'r tu ôl iddi. "Bwydydd mae angen eu coginio sydd fan hyn …" Yna, gwelodd hi Iarll Olaf, ac am eiliad dechreuodd

Violet feddwl bod Bopa Josephine hefyd wedi ei adnabod. Ond gwenu'n lletchwith wnaeth y wraig.

"Hylô," meddai Iarll Olaf wrthi. "Fe ddylwn i fod yn fwy gofalus. Ar fin ymddiheuro i'ch chwaer o'n i am gerdded ar ei thraws fel yna."

Gwridodd Bopa Josephine, ac wrth i Klaus a Sunny ddod draw atynt i weld beth oedd wedi digwydd, eglurodd, "Nid chwaer Violet ydw i. Y fi yw ei gwarchodwr cyfreithlon."

O glywed hyn, cododd Iarll Olaf law at ei wyneb, fel petai e newydd glywed mai hi oedd y Fari Lwyd, Twm Siôn Cati a Siôn Corn i gyd yn un. "Does bosib!" meddai, yn llawn ffug syndod. "Dydych chi ddim yn edrych yn ddigon hen i fod yn warchodwr i neb."

Gwridodd Bopa Josephine eto. "Fe dreuliais fy oes gyfan yma ger y llyn," meddai, "ac mae'n wir bod pobl eraill wedi sôn mor llesol y bu hynny i 'mhryd a 'ngwedd."

"Braint yw cael cwrdd â brodor o'r broydd hyn," meddai Olaf gan gyffwrdd â phig ei het forwr las. Gair yn golygu rhywun sydd 'wedi'i eni a'i fagu' yn rhywle yw 'brodor', wrth gwrs, ac roedd yr Iarll yn ei ddefnyddio yma i ffalsio. "Newydd-ddyfodiad ydw i," aeth yn ei flaen, gan ddefnyddio gair cyfansawdd arall. Byddwch wedi deall yn barod, rwy'n siŵr, bod "newydd-ddyfodiad" yn golygu rhywun sydd "newydd symud i fyw" yn rhywle. "Rwy'n sefydlu busnes newydd ac yn awyddus i ddod i 'nabod pobl. Gadewch imi gyflwyno fy hun …"

"Fe alla i a Klaus eich cyflwyno chi'n gwbl ddidrafferth," meddai Violet, gan ddangos mwy o ddewrder nag y byddwn i wedi'i wneud wrth gwrdd ag Iarll Olaf unwaith eto.

"Na, na, Violet," torrodd Bopa Josephine ar ei thraws. Nid 'fi a Klaus' sy'n gywir ond 'Klaus a minnau'. Fe ddylech chi wastad roi pobl eraill yn gyntaf a chi eich hun yn olaf. Dyna'r ffordd gwrtais o wneud pethau. Mae mor bwysig eich bod yn mynegi eich hun yn gywir …"

"Ond –," dechreuodd Violet.

"Nawr, nawr, Veronica," meddai Iarll Olaf, ei lygad yn disgleirio'n llachar wrth edrych i lawr arni. "Mae dy warchodwr yn llygad ei lle. Gwell imi gyflwyno fy hun, rwy'n meddwl. Capten Sham ydw i, ac rwy newydd agor busnes llogi cychod hwylio ar Lanfa Damocles. Mor braf eich cyfarfod, Miss ..."

"Josephine Anwhistle ydw i," meddai Bopa Josephine. "A Violet, Klaus a Sunny Baudelaire yw'r rhain."

"A, Sunny fach!" ffalsiodd Iarll Olaf drachefn, gan wneud i'w henw swnio fel rhywbeth da i'w fwyta. "Hyfryd cwrdd â chi i gyd. Efallai y caf i fynd â chi allan ar y llyn am fordaith fechan ryw ddiwrnod."

"Pych!" gwichiodd Sunny, gan olygu rhywbeth fel "Bydde'n well gen i fwyta llaid", mwy na thebyg.

"'Dyn ni ddim yn mynd i unman 'da chi," meddai Klaus.

Gwridodd Bopa Josephine ac edrych yn grac ar y plant. "Ymddiheurwch wrth Capten Sham ar unwaith."

"Nid Capten Sham yw hwn," meddai Violet yn ddiamynedd. "Iarll Olaf yw e."

Ochneidiodd Bopa Josephine ac edrych o wynebau pryderus y plant i wyneb sgleiniog Capten Sham. Roedd hwnnw'n dal i wenu, ond roedd y wên wedi pylu fymryn – sy'n golygu iddo golli'i hyder am foment wrth aros i weld a fyddai Bopa Josephine yn gweld trwy ei gudd-wisg ac yn deall mai Iarll Olaf oedd e mewn gwirionedd.

Syllodd Bopa Josephine arno'n ofalus, gan edrych o'i gorun i'w sawdl. "Fe rybuddiodd Mr Poe fi y dylwn i gadw llygad barcud am yr Iarll Olaf 'ma," meddai. "Ond fe ddywedodd e hefyd eich bod chi blant yn tueddu i'w weld ym mhobman."

"Achos *mae* e ym mhobman," mynnodd Klaus.

"Pwy yw'r Iarll Ogla 'ma 'te?" gofynnodd Capten Sham.

"Iarll *Olaf*," meddai Bopa Josephine. "W! Dyn ofnadwy yw e."

"Ac mae'n sefyll reit o'ch blaen chi," mynnodd Violet. "Waeth gen i pwy mae e'n honni yw e heddiw, mae ganddo'r un llygaid llachar a'r un ael 'na ar draws ei dalcen."

"Ond mae digonedd o bobl â'r nodweddion hynny," meddai Bopa Josephine. "Un ael oedd gan fy mam-yng-nghyfraith. Fel mae'n digwydd, un glust oedd ganddi hefyd."

"Y tatŵ!" cynigiodd Klaus. "Mae gan Iarll Olaf datŵ o lygad ar ei bigwrn chwith."

Ochneidiodd Capten Sham a chodi'i goes glec yn drafferthus, fel y gallai pawb ei gweld yn glir. Roedd wedi'i gwneud o bren tywyll ,a hwnnw'n sgleinio mor llachar â'i lygad. Wrth ei ben-glin roedd darn o fetel oedd yn dal y goes bren yn sownd. "Does gen i ddim pigwrn chwith," meddai mewn llais truenus. "Cafodd ei larpio gan Elenod Llyn Dagrau."

Llanwodd llygaid Bopa Josephine â dagrau, a gosododd ei llaw ar ysgwydd Capten Sham. "Druan â chi!" dywedodd, a gwyddai'r plant yn syth ei bod hi ar ben arnynt. "Glywsoch chi'r ffasiwn beth erioed? Capten Sham druan!"

Ceisiodd Violet ymbil am y tro olaf. Fe wyddai mor ofer oedd y cyfan cyn iddi agor ei cheg hyd yn oed. "Ond nid Capten Sham yw hwn. Rwy'n addo ichi …"

"Ydych chi'n meddwl y bydde'r truan bach yn gadael i Elenod Llachrymos fwyta hanner ei goes jest er mwyn chwarae rhyw gast gwirion arnoch chi?" gofynnodd Bopa Josephine. "Dywedwch yr hanes i gyd, Capten Sham. Beth yn gwmws ddigwyddodd?"

"Wel, ro'n i'n eistedd ar fwrdd fy llong, rai wythnosau'n ôl," dechreuodd Capten Sham ei stori, "yn bwyta pasta a saws puttanesca, pan ddigwyddais i golli peth o'r saws ar fy nghoes. Fe ymosododd y gelenod yn syth."

"Dyna'n gwmws beth ddigwyddodd i 'ngŵr," meddai Bopa Josephine gan gnoi ei gwefus. Tynhaodd dyrnau bach y Baudelairiaid mewn rwystredigaeth wrth weld Bopa Josephine yn cael ei thwyllo gan y celwydd ceiniog-a-dimai hwn.

"Cymerwch un o'r rhain," meddai Capten Sham gan estyn cerdyn busnes i Bopa Josephine. "Y tro nesa y dowch chi i'r dre, efallai y gallen ni gwrdd am baned."

"Bydde hynny'n hyfryd," meddai Bopa Josephine, gan ddarllen y cerdyn. "'Cychod Hwylio Capten Sham. Cewch hwyl ar bob cwch'. O, Capten, gwall iaith!"

"Beth?" gofynnodd yntau, gan godi'i ael.

"'Cewch hwyl ar cwch' sy'n gywir. Gwall cyffredin iawn, ond un difrifol iawn, serch hynny."

Clafychodd wyneb Capten Sham, ac am eiliad edrychai fel petai e am godi'i goes glec a chicio Bopa Josephine i ebargofiant. Mae "ebargofiant" yn swnio fel enw lle, on'd yw e? A phetai e'n lle go iawn, fe fyddai yn rhywle pell i ffwrdd, oherwydd pan fyddwn ni'n dweud bod rhywbeth wedi "mynd i ebargofiant", yr ystyr yw ei fod wedi cael ei anghofio neu wedi mynd ar goll dros amser.

Gwenodd Capten Sham yn y diwedd a diolch i'r wraig am dynnu sylw at y gwall. "Ry'ch chi'n garedig iawn," meddai.

"Croeso," mynnodd Bopa Josephine, cyn hel y plant ynghyd er mwyn mynd i dalu am y nwyddau.

Cododd Capten Sham ei law i ffarwelio, a gallai'r Baudelairiaid weld ei wên yn troi'n grechwen yr eiliad y trodd Bopa Josephine ei chefn arno. Roedd wedi llwyddo i'w thwyllo a doedd dim y gallen nhw ei wneud am y peth. Llusgodd gweddill y prynhawn yn araf a llafurus, wrth iddyn nhw gario'r siopa'n ôl i fyny'r rhiw serth i'r tŷ. Er mor drwm y gall ciwcymerau a lemonau fod, doedd e'n ddim o'i gymharu â thrymder eu calonnau. A'r cyfan y gallai

Bopa Josephine ei wneud oedd siarad yn ddi-baid am Capten Sham, dweud dyn mor neis oedd e, a'i bod yn gobeithio y bydden nhw'n ei weld eto'n fuan. Yn y cyfamser, wrth gwrs, roedd y plant yn gobeithio na fydden nhw byth yn ei weld e eto.

Fe wyddai'r tri fod Bopa Josephine wedi llyncu'r abwyd. Ymadrodd sy'n dod o fyd pysgota yw "llyncu'r abwyd". Bydd pysgotwr yn rhoi rhywbeth sy'n denu pysgodyn ar flaen ei wialen, gan obeithio y bydd y creadur yn ei lyncu wrth ei weld yn y dŵr. Wedi llyncu'r abwyd, wrth gwrs, bydd bachyn yn gafael yn y pysgodyn a bydd hwnnw'n methu dianc. Dyna sut y cafodd Bopa Josephine ei thwyllo gan Iarll Olaf. Roedd wedi ymddwyn yn swynol iawn o'i blaen, ac wedi rhaffu celwyddau am y Gelenod Llyn Dagrau yn ymosod arno. Roedd wedi gosod ei abwyd, ac roedd hithau wedi llyncu'r cyfan.

Rhedodd ias oer trwyddynt wrth straffaglu tuag at y ty. I lawr yn y pellter oddi tanynt gallent weld ehangder llwyd y llyn, a theimlai'r Baudelairiaid fel petaen nhw wedi cael eu taflu i ddyfnderoedd o anobaith.

PENNOD
Pedwar

Eisteddodd Violet, Klaus a Sunny wrth y bwrdd swper y noson honno gyda phwll cyn oered ag eira ym mola pob un. Y stiw lemonau oer a baratowyd gan Bopa Josephine oedd yn gyfrifol am hanner y teimlad oer hwnnw, gyda'r hanner arall wedi'i greu o wybod bod Iarll Olaf yn ôl yn eu bywydau.

"Dyn swynol dros ben, yw'r Capten Sham 'na," meddai Bopa Josephine gan gladdu llwyaid arall o'r bwyd ar ei phlât. "Rhaid ei fod e'n unig, druan. Wedi symud i ardal newydd a cholli coes fel 'na. Fe ddylen ni

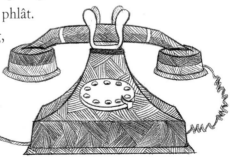

ei wahodd e draw i swper."

"Rhaid ichi'n credu ni, Bopa Josephine," meddai Violet, gan wthio'r stiw o gwmpas ei phlât mewn ymdrech i wneud iddo ddiflannu heb iddi orfod bwyta dim ohono. "Nid Capten Sham yw e, go iawn. Dim ond cudd-wisg yw'r dillad morwr 'na."

"Peidiwch â dechre'r dwli 'na am Iarll Olaf eto," dwrdiodd Bopa Josephine. "Fe ddywedodd Mr Poe bod gan hwnnw datŵ ar ei bigwrn, ac un ael hir yn rhedeg uwchben ei ddau lygad. Does gan Capten Sham ddim pigwrn chwith, a does ganddo ddim dau lygad – dim ond un. Wn i ddim sut allwch chi ddal i ddadlau gyda dyn â nam ar ei olwg."

"Mae nam ar fy ngolwg innau," meddai Klaus gan bwyntio at ei sbectol, "ond dyw hynny ddim yn eich atal chi rhag dadlau 'da fi."

"Paid â bod mor haerllug," mynnodd Bopa Josephine. "Mae hynny'n codi 'ngwrychyn i'n lân. Rhaid ichi dderbyn unwaith ac am byth nad Iarll Olaf yw Capten Sham." Estynnodd law i'w phoced a dangos y cerdyn a roddodd Capten Sham iddi. "Edrychwch! Ydy'r cerdyn hwn yn dweud 'Iarll

Olaf'? Nagyw. Er bod yma un gwall bach yn yr iaith,
mae'r cerdyn, serch hynny, yn dweud yn eitha clir –
Capten Sham."

Rhoddod Bopa Josephine y cerdyn ar y bwrdd ac
edrychodd y tri phlentyn arno gan ochneidio'n drist.
Fe wydden nhw, wrth gwrs, nad oedd cerdyn busnes
yn profi unrhyw beth. Gall unrhyw un fynd i siop
argraffu cardiau a chael rhai wedi eu gwneud sy'n
dweud beth bynnag fynnoch chi. Gall brenin
Denmarc archebu cardiau'n honni ei fod e'n gwerthu
peli golff. Gall eich deintydd estyn cerdyn o boced
cefn ei jîns sy'n dweud mai hi yw eich nain. Er mwyn
gallu dianc o gastell un o 'ngelynion unwaith, bu'n
rhaid imi argraffu cerdyn busnes oedd yn dweud
'mod i'n Uwch Swyddog yn Llynges Ffrainc. Dyw'r
ffaith eich bod chi'n darllen rhywbeth mewn print –
boed mewn papur newydd, mewn llyfr neu ar gerdyn
busnes rhywun sydd am ichi feddwl ei fod e'n bwysig
– ddim yn golygu ei fod e'n wir.

Er bod y tri'n gwybod hynny i'r dim, doedden nhw
ddim yn gallu dod o hyd i'r geiriau cywir i ddarbwyllo
Bopa Josephine. Felly, doedd dim amdani ond

ochneidio a pharhau i gymryd arnynt eu bod nhw'n mwynhau'r stiw lemwn.

Roedd yr ystafell mor dawel nes i bawb neidio pan ganodd y ffôn ymhen ychydig funudau.

"O, bobol bach!" ebychodd Bopa Josephine. "Beth ddylen ni ei wneud, dwedwch?"

"Tybat!" gwaeddodd Sunny, oedd yn golygu "Ei ateb, wrth gwrs!" mwy na thebyg.

Cododd Bopa Josephine ar ei thraed, ond hyd yn oed pan ganodd y ffôn yr eilwaith wnaeth hi ddim symud i'w ateb. "Efallai bod hyn yn bwysig," meddai, "ond ydy e'n werth peryglu cael ein trydaneiddio?"

"Fydde'n well 'da chi taswn i'n ateb y ffôn?" meddai Violet gan sychu'i swch â'i napcyn. Cerddodd draw at y derbynnydd a llwyddo i'w godi at ei chlust cyn iddo ganu am y trydydd tro.

"Hylô," meddai.

"Mrs Anwhistle?" gofynnodd llais main ar ben arall y lein.

"Nage," atebodd Violet. "Violet Baudelaire ydw i. Alla i'ch helpu chi?"

"Rho'r hen wreigan ar y ffôn, yr amddifad felltith,"

meddai'r llais. Rhewodd Violet wrth sylweddoli taw Capten Sham oedd yno. Cymerodd gip i gyfeiriad Bopa Josephine, oedd yn edrych yn nerfus arni.

"Mae'n flin gen i," dywedodd Violet. "Rhaid bod y rhif anghywir gynnoch chi."

"Paid â mela 'da fi, y ferch ddiawl …" Dechreuodd Capten Sham wylltio, ond rhoddodd Violet y ffôn i lawr. Roedd ei chalon yn pwnio fel gordd.

"Rhywun yn holi am Ysgol Ddawns y Ddwy Goes Chwith," meddai'n chwim. "Y rhif anghywir, siŵr o fod."

"Da 'merch i! Mor ddewr, yn codi'r ffôn fel 'na!" sibrydodd Bopa Josephine, yn gyffro i gyd.

"Teclyn diogel iawn yw'r ffôn," ceisiodd Violet egluro iddi.

"Ydych chi erioed wedi cymryd galwad ffôn, Bopa Josephine?" gofynnodd Klaus.

"Eic fydde'n ateb y ffôn fel arfer," meddai. "Roedd e'n arfer gwisgo maneg arbennig er mwyn arbed cael sioc. Nawr 'mod i wedi gweld Violet fan hyn yn defnyddio'r teclyn mor rhwydd, efallai y rhof i gynnig arni'r tro nesaf."

Canodd y ffôn. Bu bron i Bopa Josephine â neidio o'i chroen. "Mowredd dad!" llefodd. "Do'n i ddim yn disgwyl galwad arall mor sydyn. Dyma beth yw noswaith anturus!"

Rhythodd Violet i gyfeiriad y ffôn, gan wybod mai Capten Sham oedd wedi galw'n ôl. "Gaf i ateb eto?" gofynnodd.

"Na, na," meddai Bopa Josephine gan gamu tuag at y teclyn fel petai e'n gi mawr ffyrnig yn cyfarth. "Fe ddywedes i y byddwn i'n rhoi cynnig arni, a dyna dwi am wneud." Tynnodd anadl ddofn, estyn am fraich y ffôn yn nerfus, a'i godi at ei chlust.

"Hylô?" meddai. "Ie, hyhi sy'n siarad. O, hylô, Capten Sham. Hyfryd clywed eich llais." Gwrandawodd Bopa Josephine am foment cyn gwrido o glust i glust. "'Dach chi'n rhy garedig, Capten Sham. Beth? Eto! O, rwy'n gweld. Tewch â sôn, wir! *Julio*. Beth? O, fe wela i. Syniad campus. Daliwch ymlaen am eiliad."

Rhoddodd Bopa Josephine ei llaw dros y derbynnydd a throi i wynebu'r plant. "Violet, Klaus, Sunny – ewch i'ch ystafell," meddai. "Mae Capten

Sham … *Julio*, ddylwn i ddweud … Newydd ofyn imi ei alw wrth ei enw cynta mae e … Mae e am drefnu sypréis bach ichi ac mae e am ei drafod 'da fi."

"'Dyn ni ddim yn moyn cael sypréis," atebodd Klaus.

"Wrth gwrs eich bod chi," mynnodd Bopa Josephine. "Nawr, ewch o'ma, yn lle clustfeinio fan hyn."

"Wnawn ni ddim clustfeinio," meddai Violet, "ond rwy'n meddwl y byddai'n well inni aros."

"Efallai nad ydych chi'n llawn ddeall ystyr y gair 'clustfeinio'," meddai Bopa Josephine, "ond os arhoswch chi fan hyn tra dwi'n siarad, mi fyddwch yn bendant yn clustfeinio. Felly, bant â chi i'ch ystafell, os gwelwch yn dda!"

"Wrth gwrs ein bod ni'n llwyr ddeall ystyr y gair 'clustfeinio'," sibrydiodd Klaus o dan ei wynt, ond penderfynnodd ddilyn ei chwiorydd o'r ystafell.

Pan gyrhaeddodd y tri eu hystafell wely, bu tawelwch rhwystredig rhyngddyn nhw am sbel. Cliriodd Violet y darnau o'r set drên oddi ar ei gwely, er mwyn gwneud lle i'r tri gael gorwedd ar eu cefnau nesaf at ei gilydd yn gwgu ar y nenfwd.

"Ro'n i'n meddwl y bydden ni'n saff yma," meddai Violet yn drist. "Ro'n i'n meddwl y bydde unrhyw un oedd ag ofn gwerthwyr tai yn siŵr o fod yn ddrwgdybus o Iarll Olaf, sdim ots pwy na beth oedd e'n esgus bod."

"Wyt ti'n meddwl ei fod e wedi gadael i'r gelenod 'na fwyta'i goes go iawn," gofynnodd Klaus, "jest er mwyn cael gwared â'r tatŵ?"

"Cnowcs!" Daeth gwich o gyfeiriad Sunny, gan olygu "Braidd yn eithafol, ddywedwn i!" siŵr o fod.

"Dwi'n cytuno," meddai Violet. "Dwi'n credu mai abwyd i gael cydymdeimlad Bopa Josephine oedd y stori honno."

"Fe lyncodd hi'r abwyd hefyd, heb amheuaeth," barnodd Klaus. "Mae hi wedi mopio arno fe."

"O leia dyw hi ddim wedi bod mor dwp ag y bu Wncwl Mald," mynnodd Violet. "Fe adawodd e i Iarll Olaf i symud i mewn i'w gartref ."

"Oedd yn golygu ein bod ni'n gallu cadw llygad arno fe, o leia," atebodd Klaus.

"Ober!" sylwodd Sunny, oedd mwy na thebyg yn

golygu rhywbeth fel, "Fe fethon ni ag arbed bywyd Wncwl Mald, serch hynny!"

"Pa gynllun wyt ti'n meddwl sydd ganddo ar y gweill y tro hwn?" gofynnodd Violet. "Mynd â ni allan ar y llyn a'n boddi, efallai?"

"Efallai ei fod e am hyrddio'r holl dŷ 'ma i lawr y clogwyn i'r llyn," cynigiodd Klaus, "a beio Corwynt Herman."

"Hafftw!" chwythodd Sunny'n ddiflas. Efallai mai ystyr hynny oedd, "Beth petai e'n rhoi Gelenod Llyn Dagrau yn ein gwelyau ni?"

"'Efallai', 'efallai' a 'beth petai'?" meddai Violet yn fwy rhwystredig nag erioed. "Pob math o bosibiliadau a dim un ateb i'w weld yn unman."

"Fe allen ni ffonio Mr Poe a gadael iddo wybod bod Iarll Olaf yma," awgrymodd Klaus. "Efallai y byddai'n fodlon dod i'n nôl ni."

"Dyna'r 'efallai' mwya' ohonyn nhw i gyd," barnodd Violet. "Mae'n amhosibl argyhoeddi Mr Poe o ddim. A dyw Bopa Josephine ddim hyd yn oed yn ein credu ni, er iddi weld Iarll Olaf â'i llygaid ei hun."

"Dyw hi'n gweld neb ond Capten Sham, dyna'r drwg," meddai Klaus.

"Hust!" meddai Sunny, gan gnoi pen Delyth Ddel. Roedd hi'n ceisio dweud "Julio", mwy na thebyg.

"'Sgen i ddim syniad beth i'w wneud," cyfaddefodd Klaus, "ar wahân i gadw'n llygaid a'n clustiau ar agor."

"Bacw," cytunodd Sunny.

"Chi'n iawn, y ddau ohonoch chi," meddai Violet. "Bydd raid inni fod yn arbennig o ofalus."

Cydsyniodd y Baudelairiaid yn ddifrifol. Doedd ceisio swnio'n hyderus ddim yn ddigon. Roedd yr hen ias rewllyd honno, fel eira, yn dal i gorddi ym mherfeddion y tri. Doedd 'bod yn ofalus' ddim yn mynd i'w hamddiffyn rhag Capten Sham, ac wrth iddi nosi dim ond gwaethygu wnaeth eu gofid. Clymodd Violet ei gwallt â rhuban, fel petai hi am ganolbwyntio'n galed ar ddyfeisio rhywbeth, ond doedd dim yn tycio. Rhythodd Klaus yn ddwys iawn ar y nenfwd fel petai rhywbeth diddorol wedi'i ysgrifennu yno, ond doedd dim. Cnôdd Sunny'r ddoli fel petai gan Delyth Ddel ryw ddoethineb mawr yn ei phen plastig, ond doedd dim. Dim ond nos oedd o'u cwmpas – a doedd dim atebion ar gael.

Mae gen i ffrind o'r enw Gina-Sue, sy'n sosialydd, ac un o'i hoff ddywediadau hi yw'r hen wirionedd hwnnw, "Ofer codi pais ar ôl piso." Efallai na allwch chi ddweud yr ymadrodd hwnnw'n uchel ym mhobman, ond mae e wastad yn wir. Yr hyn mae e'n ei olygu yw bod ambell syniad da yn dod ichi'n rhy hwyr. Dyna sy'n wir yn yr achos hwn, mae'n flin gen i ddweud wrthych.

Er eu bod nhw wedi bod yn ddoeth iawn yn penderfynu bod angen cadw llygad barcud ar Capten Sham, roedd hi'n rhy hwyr ar gyfer hynny. Ar ôl oriau o boeni am yr hyn oedd ar y gweill ganddo, fe glywodd y plant sŵn gwydr yn torri'n deilchion.

"Beth yn y byd oedd y twrw 'na?" gofynnodd Violet.

"Rhywbeth wedi'i falu'n deilchion," oedd ateb Klaus wrth iddyn nhw i gyd symud at y drws.

"Ffestr!" gwichiodd Sunny.

"Bopa Josephine! Bopa Josephine!" gwaeddodd Violet wrth ruthro i lawr y coridor. Doedd dim ateb.

Rhythodd i bob cyfeiriad, ond doedd dim siw na miw i'w glywed. Rhedodd i'r ystafell fwyta, gyda'r ddau arall wrth ei chwt, ond doedd neb yno. Roedd y canhwyllau ar y bwrdd yn dal ynghynn gan daflu golau gwan dros y powlenni o stiw oer a'r cerdyn busnes.

"Bopa Josephine!" Galwodd Violet enw'i gwarchodwr unwaith eto, ac wrth iddyn nhw redeg yn ôl i'r coridor a throi i gyfeiriad y llyfrgell, gallai gofio fel roedden nhw wedi galw enw Wncwl Mald un bore, cyn darganfod yr anffawd erchyll oedd wedi dod i'w ran. "Bopa Josephine! Bopa Josephine!" Gallai gofio fel y byddai'n aml yn gweiddi am ei rhieni, a hithau wedi deffro yn y nos wrth gofio'r tân angheuol. "Bopa Josephine!" gwaeddodd eto wrth gyrraedd drws y llyfrgell. Ei gofid oedd ei bod hi'n galw enw'i modryb ond bod honno mewn man nad oedd modd iddi glywed.

"Edrych!" Pwyntiodd Klaus at y drws wrth siarad. Roedd darn o bapur wedi'i blygu yn ei hanner a'i osod yn sownd wrth y drws gyda phin bawd.

"Beth yw e?" gofynnodd Violet, wrth i Klaus ei

dynnu'n rhydd a'i ddarllen.

"Nodyn," eglurodd Klaus cyn ei ddarllen yn uchel:

Annwyl Vialet, Klaus a Sunny

Mae 'nghalon wedi bod cyn oered ac un fy annwyl Eic ac erbyn ichi ddarllen y neges hwn mi fydda' i wedi mynd â'ch gadael am byth. Nid hawdd iw i blant fel ci ddeall beth yw bod yn weddw ac yn unig. Diddim iawn fu fy mywyd. Rheid mynd yn ddilol. Fy nymuniad olaf yw ichi mynd i ofal dyn rydw i yn eu edmygu'n fawr iawn, Capten Sham.

Eich Bopa Josephine

"O, na!" meddai Klaus yn dawel ar ôl darllen. Plygodd y papur a'i agor drachefn sawl gwaith fel petai'n disgwyl iddo ddweud rhywbeth gwahanol bob tro yr edrychai arno. "O, na!" sibrydodd drachefn, bron fel petai'r geiriau'n dod o'i geg heb iddo sylweddoli.

Heb yngan gair, agorodd Violet ddrws y llyfrgell ac wedi iddyn nhw gamu i mewn daeth oerfel newydd dros y Baudelairiaid. Roedd yr ystafell yn rhewllyd, a hawdd oedd deall pam. Roedd y Ffenestr Lydan yn deilchion. Ar wahân i ambell dalch oedd wedi glynu wrth y ffrâm, roedd y darn mawr o wydr a fu yno i gyd wedi mynd, gan adael twll anferth i edrych allan trwyddo i gyfeiriad y dŵr du yn y nos dduach.

Naws y nos oedd yn gwneud i'r ystafell deimlo mor oer. Chwythai'r awel fain trwyddi, gan ysgwyd y silffoedd llyfrau a fferru'r plant. Closiodd y tri at ei gilydd a cherdded yn ofalus tuag at ymyl y twll. Roedd hi fel petai dim byd yno, dim ond gofod di-ddiwedd. A chofient am yr ofn oedd wedi dod drostynt rai dyddiau ynghynt wrth sefyll yn yr un lle am y tro cyntaf. Erbyn hyn, roedden nhw'n gwybod bod eu hofn yn gwbl resymol. Fe wydden nhw hefyd mai gwir yr hen air, "Ofer codi pais ar ôl piso". Roedden nhw wedi bod yn iawn i feddwl bod angen iddyn nhw gadw'u llygaid a'u clustiau'n agored a bod yn wyliadwrus. Ond roedden nhw wedi bod yn rhy hwyr i lwyddo i achub Bopa Josephine. Roedd hi eisoes wedi mynd.

PENNOD

Pump

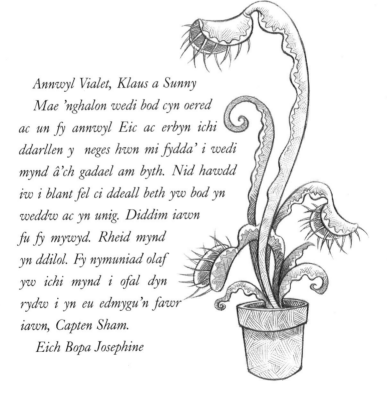

Annwyl Vialet, Klaus a Sunny

Mae 'nghalon wedi bod cyn oered
ac un fy annwyl Eic ac erbyn ichi
ddarllen y neges hwn mi fydda' i wedi
mynd â'ch gadael am byth. Nid hawdd
iw i blant fel ci ddeall beth yw bod yn
weddw ac yn unig. Diddim iawn
fu fy mywyd. Rheid mynd
yn ddilol. Fy nymuniad olaf
yw ichi mynd i ofal dyn
rydw i yn eu edmygu'n fawr
iawn, Capten Sham.

Eich Bopa Josephine

"*Stopia, da ti!*" llefodd Violet. "'Dan ni'n gwybod be sy yn y nodyn erbyn hyn, Klaus."

"Alla i ddim credu'r peth," meddai Klaus, gan droi'r darn papur yn ei ddwylo am y canfed tro. Roedd e'n eistedd wrth y bwrdd bwyd gyda'i chwiorydd, y powlenni o stiw lemwn oer o'u blaenau ac anobaith yn eu calonnau.

Roedd Violet eisoes wedi ffonio Mr Poe i ddweud wrtho beth oedd wedi digwydd, ac roedd hi bellach bron yn fore. Bu'r plant ar eu traed drwy'r nos, yn teimlo'n rhy ofidus i gysgu. Disgwyl i Mr Poe gyrraedd oedden nhw. Roedd y canhwyllau bron â llosgi'n ddim, a gorfodwyd Klaus i blygu'n nes atyn nhw er mwyn gallu darllen y nodyn unwaith eto.

"Mae rhywbeth yn od iawn am y nodyn 'ma," dywedodd. "Ond alla i ddim rhoi 'mys ar beth yn union."

"Mae'n beth rhyfedd iawn ei bod wedi dewis ein gadael ni fel 'na," meddai Violet.

"Ond mae e'n fwy ryfedd fyth ei bod hi wedi camsillafu dy enw di."

"Be wyt ti'n ei feddwl?"

"Edrych," meddai Klaus gan ddangos y nodyn iddi. "*Annwyl Vialet* mae hwn yn ei ddweud – gydag A yn lle O."

"Roedd hi wedi cyrraedd pen ei thennyn, ac ar fin taflu'i hun drwy'r ffenestr," atebodd Violet. "Does neb yn poeni am sillafu cywir pan maen nhw'n teimlo mor isel â hynny."

"Mi fydde Bopa Josephine wedi poeni," mynnodd Klaus. "Dyna oedd ei diléit mwya hi – iaith gywir, sillafu, treigladau, gramadeg. Dyna oedd ei byd hi."

"Wel, doedd e ddim yn ddigon iddi, mae'n rhaid. Dewis mynd wnaeth hi – a bod yn esgeulus iawn wrth sillafu'n enw i cyn mynd."

"Nid y ffaith ei bod hi wedi camsillafu dy enw di yw'r pwynt, Violet," atebodd Klaus yn grac. "Nawr, ti'n bod yn blentynnaidd."

"Ac rwyt tithe'n bod yn dwp, yn cario 'mlaen fel hyn am un camsillafiad bach," gwaeddodd Violet yn ôl ato.

"Sgiws!" gwaeddodd Sunny yn uwch, oedd mwy na thebyg yn golygu, "Esgusodwch fi! Allwn ni gael llai o gecru, plis?"

Edrychodd y brawd a'r chwaer hŷn ar ei gilydd. Pan fydd pobl yn ddiflas ac o dan straen, mi fyddan nhw'n aml yn ceisio gwneud i bobl eraill deimlo'r un fath. Dyw e byth yn gweithio.

"Mae'n flin gen i, Klaus," meddai Violet. "Dwyt ti ddim yn dwp."

"Diolch," atebodd yntau, gan ychwanegu, "Ac mae'n flin gen inne hefyd. Dwyt ti ddim yn blentynnaidd. Ti'n glyfar iawn. Yn wir, dwi'n gobeithio dy fod ti'n ddigon clyfar i'n hachub ni rhag cael ein rhoi yng ngofal Capten Sham."

"Wel, mae Mr Poe ar ei ffordd," atebodd Violet. "Fe ddywedodd y bydde fe ar y fferi gyntaf i gyrraedd Glanfa Damocles y bore 'ma. Jest gobeithio y gall e helpu, dyna i gyd."

"Ie'n wir," cytunodd Klaus, ond a dweud y gwir, doedd yr un o'r ddau'n obeithiol iawn. Tenau braidd oedd unrhyw obaith y gallai Mr Poe achub y sefyllfa. Pan oedd y Baudelairiaid yn byw gyda'r Iarll Olaf, fuodd Mr Poe o ddim help o gwbl pan ddywedon nhw wrtho am greulondeb yr Iarll tuag atyn nhw. Pan oedd y Baudelairiaid yn byw gydag Wncwl

Maldwyn, fuodd Mr Poe o ddim help o gwbl pan sonion nhw wrtho am gynlluniau dan-din Iarll Olaf. Doedd dim angen athrylith i sylweddoli nad oedd Mr Poe yn debygol o fod fawr o help yn y sefyllfa hon chwaith.

Diffoddodd un o'r canhwyllau mewn pwff o fwg a suddodd y plant yn ddyfnach i'w cadeiriau. Mae'n siŵr eich bod chi'n gwybod am y planhigyn a elwir yn Faglwr Gwener. Ar ei dop mae safn, neu geg fawr agored, â phigiadau fel dannedd o gwmpas yr ochrau. Pan fydd pry'n cael ei ddenu at y blodyn gan ei bersawr, bydd y creadur yn mynd i mewn i'r safn hon er mwyn gallu gwynto'n well. Ond yr eiliad y bydd yn mynd i mewn, bydd y Maglwr Gwener yn dechrau cau amdano. Er cymaint y bydd y pry'n hedfan yn wyllt i geisio dianc, does dim yn y byd all ei achub. Mae e wedi'i ddal yn y fagl. Yn araf, araf, caiff ei amsugno i mewn i'r planhigyn nes ei fod yn ddim.

Pan oedd y nos ar ei duaf, dyna sut teimlai'r Baudelairiaid, fel pryfetach bach wedi'u dal mewn trap ac ar fin cael eu llyncu'n llwyr. Y tân a laddodd eu rhieni ac a ddinistriodd eu cartref oedd dechrau'r trap, ond doedden nhw ddim hyd yn oed wedi sylweddoli hynny ar y pryd. Er cymaint roedden nhw wedi gwibio'n wyllt o le i le – tŷ Iarll Olaf yn y ddinas, tŷ Wncwl Mald yn y wlad, ac yn awr tŷ Bopa Josephine yn edrych dros y llyn – dal i gau'n dynn amdanyn nhw wnaeth y fagl a'u daliai. Cyn bo hir, fe fydden nhw wedi cael eu sugno'n ddim.

"Fe allen ni rwygo nodyn Bopa Josephine yn racs jibidêrs," meddai Klaus. "Does dim angen i Mr Poe wybod dim amdano."

"Ond dwi eisoes wedi sôn wrtho am y nodyn," eglurodd Violet.

"Wel, fe allen ni ffugio nodyn arall," cynigiodd Klaus. "Ailysgrifennu popeth ysgrifennodd Bopa Josephine, ond gadael allan y darn am Gapten Sham."

"Aha!" gwichiodd Sunny. Hwn oedd un o hoff eiriau Sunny ac fe wyddai pawb ei ystyr. Roedd "Aha!" yn golygu "Nawr rwy'n gweld!"

"Wrth gwrs!" gwaeddodd Violet. "Dyna beth mae Capten Sham wedi'i wneud. Ffugio nodyn Bopa Josephine. Esgus mai hi ysgrifennodd e."

"Bydde hynny'n egluro'r gwallau iaith."

"A chamsillafu'n enw i!" meddai Violet.

"Sgwrs!" bloeddiodd Sunny, ond doedd hi ddim yn golygu "Sgwrs" o gwbl. Yr hyn roedd hi am ei ddweud oedd, "Fe daflodd Capten Sham Bopa Josephine drwy'r ffenestr lydan ac yna ysgrifennu'r nodyn i guddio'i drosedd."

"Am beth arswydus i'w wneud!" meddai Klaus, gan grynu trwyddo wrth feddwl am Bopa Josephine yn disgyn yr holl ffordd i lawr i'r dŵr roedd arni gymaint o'i ofn.

"Dychmygwch beth wnaiff e i ni os na chawn ni'r gore arno," meddai Violet. "Gobeithio na fydd Mr Poe yn hir."

Gydag amseru perffaith, fe ganodd cloch y drws a rhuthrodd y Baudelairiaid i'w ateb. Violet aeth gyntaf i gyfeiriad y cyntedd, gan daflu cip trist ar y rheiddiadur wrth fynd heibio a chofio fel roedd e'n codi ofn ar Bopa Josephine druan. Wrth ei chwt, roedd Klaus a chyffyrddodd yntau â dolen pob drws yn dyner i gofio am y ffordd roedd hi wedi eu rhybuddio y gallen nhw fod yn beryglus. A phan gyrhaeddon nhw at y drws, edrychodd Sunny'n ddagreuol ar y mat croeso roedd ei modryb wedi meddwl allai achosi codwm gas. Er cymaint roedd hi wedi ceisio osgoi dim byd allai achosi niwed iddi, doedd hi ddim wedi gallu dianc rhag niwed, wedi'r cwbl.

Agorodd Violet y drws gwyn, ac yno'n sefyll yng ngoleuni gwan y bore bach roedd Mr Poe. "O, Mr Poe …" dechreuodd. Roedd hi wedi bwriadu dweud wrtho'n syth am droseddau Capten Sham a'r llythyr ffugiodd e yn enw Bopa Josephine ac ati. Ond pan welodd y macyn gwyn yn y naill law a'r briffcês du yn y llall, fedrai hi ddim yngan 'run gair.

Pethau rhyfedd iawn yw dagrau. Fel daeargryn neu sioe bypedau, fe allan nhw ddigwydd ar unrhyw adeg, heb rybudd na rheswm o fath yn y byd. "O, Mr Poe …" meddai Violet eto, ond yna fe ddechreuodd hi a'i brawd a'i chwaer lefain gyda'i gilydd. Wrth grio, roedd ysgwyddau Violet yn ysgwyd, llithrodd sbectol Klaus i lawr ei drwyn, a dangosodd Sunny mor fawr oedd ei phedwar dant. Rhoddodd Mr Poe ei hances heibio a'i gês ar y llawr. Un gwael am gysuro pobl oedd e, ond fe wnaeth ei orau. Rhoddodd ei freichiau am ysgwyddau'r plant gan sibrwd, "Dyna ni, dyna ni!" Dyw'r geiriau eu hunain ddim yn golygu rhyw lawer, ond dyna fydd pobl yn tueddu i'w ddweud ar adeg fel yna.

Fedrai Mr Poe ddim meddwl am ddim byd gwell i'w ddweud. Ond petai gen i'r gallu i fynd yn ôl mewn amser, fe allwn i fod wedi'u cysuro nhw â geiriau tipyn mwy gobeithiol. Fedra i ddim gwneud hynny, wrth gwrs. Y gwir plaen yw, do'n i ddim yno y bore diflas hwnnw, wrth y drws ffrynt gwyn a'i baent wedi pilo, ar ben y rhiw serth, gyda Llyn Dagrau i lawr ar waelod y clogwyn. Yma'n eistedd yn fy ystafell ydw i. Mae'n ganol nos, ac rwy'n ysgrifennu hyn i gyd i lawr gan edrych drwy'r ffenestr dros y fynwent y tu ôl i 'nhŷ. Petawn i wedi bod yno'r bore hwnnw, fe allwn i fod wedi dweud wrth yr amddifaid Baudelaire nad oedd angen iddyn nhw lefain fel y gwnaethon nhw dros farwolaeth Bopa Josephine, achos doedd hi ddim wedi marw.

Ddim eto.

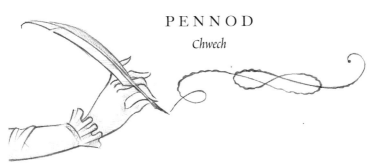

PENNOD

Chwech

Crychodd Mr Poe ei dalcen, eistedd wrth y bwrdd a thynnu'i facyn o'i boced. "Ffugio?" ailadroddodd. Roedd y plant wedi dangos y ffenestr deilchion iddo. Roedden nhw wedi dangos y nodyn oedd ar y drws iddo. Ac roedden nhw wedi dangos y cerdyn busnes gyda 'POB' yn lle 'BOB' arno. "Mae ffugio dogfen yn fater difrifol iawn," meddai gan chwythu'i drwyn.

"Ddim mor ddifrifol â llofruddiaeth," meddai Klaus. "A dyna wnaeth Capten Sham. Llofruddio Bopa Josephine a ffugio nodyn oddi wrthi hi."

"Ond pam fydde'r dyn Capten Sham 'ma'n mynd i gymaint o drafferth i fod yn ofalwr arnoch chi?" gofynnodd Mr Poe.

"Rydyn ni wedi dweud hynny'n barod," meddai

Violet, gan geisio cuddio'r ffaith ei bod hi'n ddiamynedd. "Iarll Olaf yw Capten Sham go iawn."

"Cyhuddiad difrifol iawn," barnodd Mr Poe yn gadarn. "Mae'r tri ohonoch wedi byw trwy nifer o brofiadau anffodus iawn, rwy'n gwybod, ond gobeithio'n wir nad yw eich dychymyg yn dechrau rhedeg yn rhemp." Pan fydd rhywbeth yn mynd yn "rhemp", byddwch yn gwybod, rwy'n siŵr, ei fod yn golygu ei fod "yn lledu fel tân gwyllt, neu wedi cael gormod o ryddid ac yn mynd dros ben llestri".

"Ddim o gwbl," protestiodd Klaus.

"Pan oeddech chi'n byw 'da Wncwl Mald, roeddech chi'n argyhoeddedig mai Iarll Olaf oedd ei gynorthwy-ydd, Steffano."

"Iarll Olaf *oedd* e," ochneidiodd Klaus.

"Nid dyna'r pwynt," meddai Mr Poe. "Y pwynt yw, fiw ichi redeg i gwrdd â gofid. Rhaid dod o hyd i brawf i ddechrau. Rywle yn y tŷ 'ma mi fydd 'na rywbeth a ysgrifennwyd gan eich Bopa Josephine. Os down ni o hyd iddo, fe allwn ni gymharu'r llawysgrifen."

"Wrth gwrs!" Roedd yn rhaid i Klaus gytuno â Mr

Poe am unwaith. "Os na fydd llawysgrifen y nodyn ar ddrws y llyfrgell yn cyd-fynd â llawysgrifen arferol Bopa Josephine, bydd yn amlwg bod y nodyn wedi cael ei ffugio. Doedden ni ddim wedi meddwl am hynny."

Wrth i'r plant edrych mewn syndod ar ei gilydd, fe wenodd Mr Poe yn fodlon. "Chi'n gweld, blant? Er mor glyfar ydach chi, mae ar bawb angen cymorth banciwr weithiau. Nawr, ble gebyst gawn ni enghraifft o lawysgrifen Bopa Josephine?"

"Yn y gegin," cynigiodd Violet yn syth. "Fe adawodd hi'r rhestr siopa yn y gegin pan ddaethon ni'n ôl o'r archfarchnad ddoe."

"Aras!" gwichiodd Sunny'n gyflym, oedd yn golygu, "Dewch inni fynd i'r gegin ar unwaith." A dyna wnaethon nhw. Cegin fechan iawn oedd un Bopa Josephine. Roedd ynddi stôf a ffwrn ac roedd cynfas wen dros y ddwy – er diogelwch. Roedd yno oergell ar gyfer cadw bwyd a sinc ar gyfer golchi ymaith yr holl fwyd doedd neb am ei fwyta. Ar y cownter lle byddai Bopa Josephine yn paratoi bwyd, roedd y darn bach o bapur lle'r oedd hi wedi gwneud nodyn o'r nwyddau i'w prynu. Rhuthrodd Violet draw ato.

Graffolegwyr yw'r enw a roddir ar bobl sy'n arbenigwyr ar lawysgrifen. Yn aml iawn, fe fyddan nhw wedi bod mewn colegau sy'n arbenigo mewn Graffoleg a graddio yn y pwnc. Bydd rhai ohonoch chi'n meddwl bod angen graffolegydd ar y Baudelairiaid nawr, ond does dim angen arbenigwr bob amser i sylweddoli beth yw'r gwirionedd. Er enghraifft, petai ffrind ichi'n prynu ci ac yn cwyno wedyn nad oedd yn dodwy wyau, fyddai dim angen milfeddyg i egluro iddi nad yw cwn yn dodwy wyau.

Gyda rhai cwestiynau mewn bywyd, mae'r ateb yn amlwg, ac roedd yn amlwg i'r plant ac i Mr Poe beth oedd yr ateb i'r cwestiwn, "Ydy'r llawysgrifen ar y rhestr siopa'n cyd-fynd â'r un ar y nodyn?" Yr ateb oedd "Ydy". Pan ysgrifennodd Bopa Josephine "Afalau" ar y rhestr siopa fe wnaeth hi "A" mawr boliog, yn union fel yr un yn "Annwyl" ar y nodyn. Pan ysgrifennodd hi "Eic" ar y nodyn, roedd yn edrych fel coeden gam â'i changhennau'n dechrau gwyro'n grynedig i'r dde. Edrychai'r "E" yn "Eirin" yr un peth. Roedd yr "u" roddodd hi ar ddiwedd y gair "lemonau" ar y rhestr bron â chau i edrych fel y llythyren "O", ac roedd yr un peth yn wir am yr "u" yn enw "Sunny" ar y nodyn. Doedd dim amheuaeth – Bopa Josephine ysgrifennodd y ddau beth.

"Rhaid i bawb gytuno â hynny, siawns," dyfarnodd Mr Poe.

"Ie, ond … os …" dechreuodd Violet.

"Heb os nac oni bai, Violet," torrodd Mr Poe ar draws. "Mae'r gwir yn amlwg yma. Yr 'A' mawr crwn … Yr 'E' crynedig … A'r 'u' fach fel 'o' yn gwmws. Nawr, dwi ddim yn raffolegydd o fath yn y byd, ond rwy'n argyhoeddedig mai'r un person ysgrifennodd y ddau hyn."

"Mae Mr Poe yn iawn, Violet," meddai Klaus. "Capten Sham sydd wrth wraidd hyn yn rhywle, dwi'n gwybod, ond Bopa Josephine ysgrifennodd y nodyn."

"Sy'n gwneud y nodyn hwn yn ddogfen gyfreithiol," meddai Mr Poe.

"Ydy hynny'n golygu bod yn rhaid inni fyw 'da Capten Sham nawr?" gofynnodd Violet a'i chalon yn suddo.

"Mae'n edrych yn debyg," atebodd Mr Poe. "Mae'r nodyn fel ewyllys. Rhaid parchu ewyllys olaf person bob amser. Fel eich gwarchodwr cyfreithiol, roedd gan Bopa Josephine yr hawl i benderfynu pwy fyddai'n gofalu amdanoch ar ôl iddi fynd."

"Awn ni ddim i fyw 'da'r dihiryn 'na," cyhoeddodd Klaus yn chwerw. "Fe yw'r person gwaetha yn y byd."

"Fyddwn ni ddim yn saff am eiliad, rwy'n gwybod," mynnodd Violet. "Dim ond ar ôl ein harian ni mae e."

"Gind!" gwichiodd Sunny hefyd, gan olygu rhywbeth fel, "Da chi, peidiwch â gwneud inni symud at y dyn drwg 'ma."

"Mi wn i nad Capten Sham yw'ch hoff berson chi, am ryw reswm," meddai Mr Poe, "ond does fawr o ddim y galla i ei wneud am y peth."

"Rhedeg bant! Dyna beth wnawn ni," meddai Klaus.

"Na wnewch wir!" atebodd Mr Poe yn grac. "Wnewch chi mo'r fath beth. Dymuniad eich rhieni oedd 'mod i'n edrych ar eich ôl, ac fe ddylech barchu eu dymuniad nhw. Meddyliwch beth ddyweden nhw petaen nhw'n eich clywed chi'n bygwth rhedeg bant fel 'na."

Wrth gwrs, byddai rhieni'r Baudelairiaid wedi arswydo wrth feddwl bod eu plant yn cael eu rhoi yng ngofal Capten Sham yn y lle cyntaf, ond cyn i'r un ohonyn nhw gael cyfle i ddweud hynny, roedd Mr Poe wedi newid y pwnc. "Rhaid imi gysylltu â'r Capten Sham 'ma'n syth. Nawr, ble mae'r cerdyn busnes 'na?"

"Mae'n dal ar y bwrdd yn yr ystafell fwyta," dywedodd Klaus wrtho'n ddiserch, ac ar hynny aeth Mr Poe i nôl y cerdyn a ffonio'r Capten.

"Alla i ddim credu'r peth," meddai Violet gan edrych ar y nodyn adawodd Bopa Josephine a'i rhestr siopa. "Ro'n i'n credu'n siŵr ein bod ni ar y trywydd iawn."

"Finne hefyd," meddai Klaus. "Dwi'n argyhoeddedig fod gan Capten Sham rywbeth i'w wneud â hyn i gyd. Ond beth? Os nad yw e wedi ffugio'r nodyn, mae e'n bendant wedi gwneud rhywbeth."

"Ond beth?" ailadroddodd Violet. "Rhaid inni feddwl yn glou er mwyn gallu egluro i Mr Poe."

"Gobeithio y bydd e ar y ffôn 'da Capten Sham am sbel go hir, i roi amser inni feddwl," meddai Klaus. Ond chafodd e mo'i ddymuniad.

Ar y gair, daeth Mr Poe yn ôl i'r gegin a chyhoeddi, "Rwy wedi cael gair 'da Capten Sham. Roedd e wedi synnu'n fawr wrth glywed y newyddion am Bopa Josephine, ond roedd e wrth ei fodd o glywed ei fod e'n mynd i'ch magu chi'ch tri. 'Dan ni'n cwrdd ag e mewn tŷ bwyta yn y dre ymhen hanner awr i fynd dros y manylion. Erbyn heno, fe ddylech chi fod yn gartrefol iawn yn ei dŷ fe. Dyna dda fod popeth wedi mynd mor hwylus, yntefe?"

Rhythodd Sunny a Violet ar Mr Poe mewn anobaith. Roedd Klaus yn rhythu hefyd, ond ar rywbeth arall – y nodyn a adawyd gan Bopa Josephine. Gallai rythu heb symud amrant am amser hir, a dyna wnaeth e y tro hwn. Wnaeth yr un o'r plant smic o sŵn, a'r unig beth dorrodd ar y tawelwch oedd Mr Poe yn tynnu'r macyn gwyn o'i boced ac yn carthu'i lwnc iddo. Pan fydd dyn yn "carthu ei lwnc" mae e'n codi llwyth o fflem o'i wddf trwy beswch yn galed. Dyw e ddim yn beth braf iawn i'w wneud o flaen pobl eraill, ond roedd y Baudelairiaid yn rhy brysur yn rhythu i sylwi.

"Fe af i ffonio am dacsi," meddai Mr Poe wedyn. "Does dim pwynt cerdded i lawr y rhiw serth 'na. Ewch chi blant i baratoi. Cribwch eich gwalltiau a rhowch gotiau cynnes amdanoch. Mae'r gwynt yn fain heddiw ac mae'n codi'n storm."

Aeth Mr Poe i wneud ei alwad ffôn a llusgodd y plant eu ffordd i'w hystafell. Ond wedi cyrraedd yno, doedd gan Violet na Sunny ddim diddordeb mewn cribo'u gwalltiau. Roedd holi Klaus yn llawer mwy diddorol. "Wel?" holodd Violet.

"Wel, beth?" meddai Klaus yn ôl wrthi.

"Paid â chwarae mig 'da fi," aeth Violet yn ei blaen. "Fe welais i ti'n rhythu ar nodyn Bopa Josephine. Rwyt ti wedi darganfod rhywbeth mwy amdano, on'd wyt ti?"

"Dwi ddim yn siŵr," atebodd Klaus. Edrychodd eto ar y nodyn. Roedd wedi dod ag e o'r gegin. "Efallai 'mod i wedi taro ar rywbeth, ond rhaid imi gael mwy o amser i weithio pethe mas."

"Amser yw'r un peth 'dan ni'n brin ohono!" gwaeddodd Violet. "'Dan ni'n mynd i gael cinio 'da Capten Sham y munud 'ma!"

"Wel, rhaid inni wneud mwy o amser rywsut," mynnodd Klaus.

"Dewch nawr, blant," galwodd Mr Poe o'r cyntedd. "Mi fydd y tacsi yma toc. Ydy'r cotiau 'na amdanoch chi eto?"

Ochneidiodd Violet, ond aeth i'r wardrob i nôl cotiau'r tri ohonynt. Estynodd gôt Klaus iddo a helpu Sunny i gau botymau ei chot hithau. "Sut allwn ni ennill mwy o amser?"

"Ti yw'r un dda am ddyfeisio pethau," atebodd Klaus.

"Ond alli di ddim dyfeisio pethau fel amser," meddai Violet. "Fe alli di ddyfeisio peiriannau i roi pop a siocled iti pan wyt ti'n rhoi arian ynddyn nhw. Fe alli di ddyfeisio teclyn i lanhau ffenestri'r tŷ trwy ddefnyddio ynni'r haul. Ond all neb ddyfeisio mwy o amser." Roedd hi mor siŵr o'i phethau wrth ddweud hyn, wnaeth hi ddim hyd yn oed trafferthu rhoi ruban yn ei gwallt i'w gadw o'i llygaid. Y cyfan allai hi ei wneud oedd edrych yn rhwystredig ar Klaus. Ac yna, sylweddolodd nad oedd angen iddi gadw'i gwallt o'i llygaid o gwbl. Roedd yr ateb ganddi eisoes, yn ei llaw.

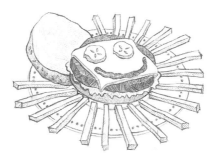

"Heia! Fi yw Larry, eich gweinydd," meddai Larry. Dyn bach byr, tenau mewn gwisg clown smala oedd Larry, gyda'i enw mewn llythrennau bras ar fathodyn ar draws ei frest, LARRY. "Croeso i'r Clown Pryderus – y tŷ bwyta lle mae pawb yn cael amser da, p'un ai ydyn nhw'n moyn hynny ai peidio. Rwy'n gallu gweld bod 'da ni deulu cyfan mas yn joio 'da'i gilydd heddiw, felly a gaf i awgrymu eich bod chi'n cael plataid o'r Hwyl Dros Ben i'r Teulu Cyfan i ddechrau."

"Syniad campus," meddai Capten Sham, gan wenu

mewn ffordd arbennig a ddangosai bob un o'i ddannedd melyn. "Hwyl Dros Ben i'r Teulu Cyfan i deulu sy'n hwyliog dros ben – fy nheulu *i*."

"Dim ond dŵr i fi, diolch," meddai Violet.

"A finne," meddai Klaus. "A llond cwpan o ddarnau o iâ i'n chwaer fach."

"Paned o goffi heb laeth i mi," meddai Mr Poe.

"O, na, na, Mr Poe," meddai Capten Sham. "Beth am inni rannu potel o win coch?"

"Dim diolch, Capten Sham," meddai Mr Poe. "Fydda i byth yn yfed yn ystod oriau'r banc."

"Ond cinio dathlu yw hwn," eglurodd Capten Sham. "Fe ddylen ni godi gwydryn, mewn llwnc-destun i 'mhlant newydd. Nid bob dydd y bydd dyn yn dod yn dad."

"Mae'n codi 'nghalon i'ch gweld chi mor llawen wrth feddwl am gael magu'r Baudelairiaid ifanc," meddai Mr Poe, "ond rhaid ichi gofio bod y plant yn drist iawn o golli'u Bopa Josephine."

Mae 'na fath o ymlusgiad o'r enw'r cameleon sy'n gallu newid ei liw i gyd-fynd â'r amgylchfyd, fel y gwyddoch chi, rwy'n siŵr. Yn ogystal â bod yn llithrig ac yn oer ei waed, roedd Capten Sham yn debyg iawn i'r cameleon yn y ffordd honno hefyd. Ers iddyn nhw gyrraedd y Clown Pryderus, doedd e ddim wedi gallu cuddio'i lawenydd o gael Violet, Klaus a Sunny yn ei grafangau. Ond nawr bod Mr Poe wedi tynnu'i sylw at y ffaith mai achlysur trist oedd hwn, newidiodd llais Capten Sham yn llwyr. "Rydw inne'n drist, wrth gwrs," meddai mewn llais dolefus – gair sy'n golygu ei fod "mor drist, roedd bron â bod mewn poen". "Roedd hi'n un o'm ffrindiau gorau ac anwylaf."

"Dim ond ddoe gwrddoch chi â hi," meddai Klaus, "yn y siop yn y dre."

"Mae'n ymddangos fel ddoe, mae'n wir," meddai Capten Sham, "ond fe gwrddon ni gyntaf flynyddoedd maith yn ôl, ar gwrs coginio. Roedd hi a fi yn rhannu ffwrn mewn dosbarth dwys ar bobi."

"Rannoch chi erioed ffwrn yn unman," anghytunodd Violet yn chwyrn. "Roedd ar Bopa Josephine ormod o ofn cyffwrdd mewn ffwrn i bobi dim. Fuodd hi erioed ar gwrs coginio yn ei bywyd."

"Buan iawn y daethon ni'n ffrindiau mynwesol," aeth Capten Sham yn ei flaen yn ddi-hid. "Ac yna, un diwrnod, fe ddywedodd hi wrtha i, 'Os byth y bydda i'n mabwysiadu tri o blant ac yna'n cael fy hun yn marw'n sydyn, rhaid iti addo y byddi di'n eu magu yn fy lle'. Fe ddywedes i y byddwn i'n gwneud hynny trosti, wrth gwrs. Ond prin 'mod i wedi dychmygu mai dyna fydde'n digwydd."

"Och! Am stori drist," meddai Larry, a dyna pryd y trodd pawb a sylweddoli bod y gweinydd yn dal i sefyll yno. "Do'n i ddim wedi sylweddoli mai achlysur trist oedd hwn. Gadewch imi felly awgrymu'r Byrgyrs Caws Sy'n Codi Calon. Gyda phicls, mwstard a sos coch yn creu wyneb hapus ar y top, mae'r byrgyr hwn yn siŵr o godi calon pawb."

"Byrgyrs Caws Sy'n Codi Calon i bawb, felly," meddai Capten Sham. "Syniad gwych, Larry."

"Mi fyddan nhw gyda chi mewn chwinciad chwannen," addawodd y gweinydd, cyn diflannu o'r diwedd.

"Ar ôl i bawb fwynhau ei fyrger," dywedodd Mr Poe, "mae arna i ofn fod 'na rai papurau go ddifrifol ichi edrych trostynt, Capten Sham. Maen nhw yma yn y briffces gen i."

"Ac ar ôl imi lofnodi'r rheini, y fi fydd piau'r plant?" gofynnodd.

"Wel, fe fyddan nhw yn eich gofal chi, byddan," eglurodd Mr Poe. "Wrth gwrs, mi fydd ffortiwn y Baudelairiaid yn dal o dan fy ngofal i, tan y bydd Violet yn ddeunaw oed."

"Pa ffortiwn?" gofynnodd Capten Sham gan grychu'i ael. "Wn i ddim oll am ffortiwn."

"Dwna!" gwichiodd Sunny, oedd yn golygu rhywbeth fel, "Wrth gwrs dy fod ti, yr hen sinach".

"Gadawodd rhieni'r plant gryn ffortiwn ar eu holau," eglurodd Mr Poe ymhellach. "A phan ddaw Violet i oed, fe fydd yn dod yn eiddo i'r plant."

"Wel, dyw hynny o ddim diddordeb i mi," meddai Capten Sham. "Mae gen i fy nghychod hwylio. Dw i ddim am gyffwrdd â'r un geiniog o'u harian nhw."

"Da hynny," meddai Mr Poe, "achos *chewch* chi ddim cyffwrdd â'r un geiniog."

"Gawn ni weld am hynny!" sibrydodd Capten Sham.

"Beth?" dywedodd Mr Poe.

"Dyma ni!" cyhoeddodd Larry'n llawn cyffro.

Roedd wedi dychwelyd gyda llond hambwrdd mawr o fwyd seimllyd yr olwg. "Mwynhewch, bawb!"

Fel y rhan fwyaf o dai bwyta sy'n llawn goleuadau neon a balŵns, bwyd erchyll oedd ar gael yn y Clown Pryderus. Ond doedd y tri phlentyn amddifad heb fwyta dim byd drwy'r dydd, a doedden nhw ddim wedi bwyta dim byd cynnes ers dyddiau, felly er mor drist a gofidus oedden nhw, roedden nhw hefyd ar eu cythlwng – ymadrodd sy'n golygu "bod ag eisiau bwyd yn arw iawn, fel jest â starfo".

Ar ôl rhai munudau o dawelwch, dechreuodd Mr Poe adrodd stori hynod o ddiflas am ryw ddigwyddiad yn y banc. Roedd hwnnw'n rhy brysur yn adrodd ei stori, Klaus a Sunny'n rhy brysur yn esgus gwrando, a Chapten Sham yn rhy brysur yn ymosod ar ei fwyd i sylwi ar yr hyn roedd Violet yn ei wneud.

Wrth wisgo'i chot yn gynharach, yn nhŷ Bopa Josephine, roedd hi wedi teimlo ar lwmp o rywbeth caled yn ei phoced. Y bag o losin mintys oedd yno – yr un roddodd Mr Poe iddi ar Lanfa Damocles ar eu diwrnod cyntaf yno. Rhoddodd y bag o losin syniad iddi. Nawr, tra bod Mr Poe yn rhygnu trwy'i stori ddiflas, tynnodd y bag o'i phoced a'i agor. Er mawr ofid iddi, sylweddolodd mai'r math o losin lle mae pob un wedi'i lapio'n unigol mewn darn bach o bapur oedd yn y bag. Gan gadw'i dwylo o dan y bwrdd, tynnodd dri o'r losin o'u papur yn ofalus iawn, gan ofalu peidio â gwneud siw na miw wrth eu datod. O'r diwedd, roedd ganddi dri losin mintys ar y napcyn ar ei chôl, a chan ofalu peidio â thynnu sylw ati'i hun, gosododd un bob un ar arffed Klaus a Sunny.

Am eiliad, pan sylweddolodd Klaus a Sunny gyntaf fod 'na losin mintys newydd ymddangos ar eu côl, roedden nhw'n meddwl bod Violet wedi mynd yn dw-lal. Ond yn sydyn, fe ddeallodd y ddau.

Fel arfer, os oes 'da chi alergedd i rywbeth, mae'n well ichi beidio â rhoi'r peth hwnnw yn eich ceg, yn enwedig os mai cath yw e. Ond i Violet, Klaus a Sunny ar y foment hon, roedd hi'n dipyn o argyfwng. Rhaid oedd ennill amser o rywle er mwyn gallu deall yn well beth oedd Capten Sham wedi ei wneud. Mae gwneud eich hun yn sal trwy fwyta rhywbeth y mae gennych alergedd iddo yn ffordd bur eithafol o ennill amser, mae'n wir, ond roedd Violet wedi bod yn ddyfeisgar iawn, yn ôl ei harfer, a doedd fawr o ddewis gan y tri.

Pan oedd y ddau ddyn yn edrych ar rywbeth arall, fe lyncodd y tri eu losin, ac yna aros i weld beth fyddai'r canlyniad. Fuon nhw ddim yn aros yn hir. Torrodd twymyn goch, grafog dros groen Violet cyn pen dim. Chwyddodd tafod Klaus, a chafodd Sunny, nad oedd erioed wedi bwyta losin mintys o'r blaen, y croen coch *a'r* tafod wedi chwyddo.

Ymhen hir a hwyr – ymadrodd sy'n golygu "ar ôl amser hir, hir, hir" – daeth Mr Poe i ben â'i stori ddiddiwedd a sylwodd ar gyflwr y plant. "Bobol bach!" meddai. "Mae golwg ofnadwy arnoch chi. Violet, rwyt ti'n goch a chrafog. Klaus, mae dy dafod di bron â bod i lawr at dy ên. A Sunny, mae'r cyfan arnat ti."

"Rhaid ein bod ni'n diodde alergedd i rywbeth oedd yn y bwyd," awgrymodd Violet.

"Gwarchod pawb!" ochneidiodd Mr Poe.

"Anadlwch yn araf ac yn ddwfn," awgrymodd Capten Sham, heb dynnu'i lygaid oddi ar ei fwyd.

"Rwy'n sobor o sâl," meddai Violet a dechreuodd Sunny nadu. "Gwell inni fynd adre, dwi'n credu, er mwyn gorffwys am ychydig."

"Gorwedd 'nôl yn dy sedd am foment," meddai Capten Sham yn ddiamynedd. "Rwy'n dal ar ganol 'y nghinio."

"Ond mae'r plant yn reit symol, wyddoch chi, Capten Sham," meddai Mr Poe. "Mae Violet yn llygad ei lle. Fe dala i'r bil a mynd â'r plant adre."

"Na, wir," meddai Violet ar ras. "Does dim angen i chi wneud hynny. Fe gawn ni dacsi. Arhoswch chi'ch dau yma i drafod y manylion."

Cododd Capten Sham ei olygon oddi ar ei blât o'r diwedd gan daflu cip treiddgar i gyfeiriad Violet. "Faswn i ddim yn breuddwydio eich gadael chi ar eich pennau eich hunain," meddai wrthi mewn llais tywyll.

"Wel, mae 'na lawer o waith papur i'w wneud," meddai Mr Poe. Doedd yntau heb orffen ei ginio chwaith, a doedd arno fawr o awydd mynd i nyrsio plant sal. "Efallai mai cael llonydd ar eu pennau eu hunain fyddai orau iddyn nhw."

"Dyw effaith alergedd byth yn para'n hir," meddai Violet gan ddweud y gwir. Cododd, gan arwain ei brawd a'i chwaer i gyfeiriad y drws. "Fe awn ni i orffwys am awr neu ddwy. Cyfle i chi ymlacio dros y bwyd a'r papurau. Pan fydd popeth wedi'i lofnodi, fe allwch chi ddod i'n nôl, Capten Sham."

Disgleiriodd llygad Capten Sham yn fwy llachar nag y gwelodd Violet ei lygaid yn disgleirio erioed. "Ie, fe wna' i hynny," dywedodd. "Fe ddof i'ch nôl chi ymhen dim o dro."

"Da bo chi, blant," meddai Mr Poe. "Gobeithio y byddwch chi'n well yn fuan. Wyddoch chi, Capten Sham, mae 'na gydweithiwr imi yn y banc sy'n diodde o alergedd dychrynllyd ..."

"Gadael yn barod?" gofynnodd Larry wrth weld y plant yn cau botymau eu cotiau'n dynn. Y munud y camon nhw allan ar y Lanfa, fe allen nhw deimlo'r glaw mân oedd yn dechrau cau dros Lyn Dagrau, ac roedd y gwynt wedi codi'n gryfach hefyd wrth i Gorwynt Herman ddod yn nes. Serch hynny, roedden nhw'n falch o fod allan o'r Clown Pryderus. Doedden nhw ddim yn hoffi tai bwyta'n llawn goleuadau neon, balŵns a gweinyddwyr cyfoglyd ar y gorau, ond nid dyna'r prif reswm pam roedden nhw'n falch o'u rhyddid. Roedden nhw newydd ennill mymryn mwy o amser iddyn nhw'u hunain. Peth gwerthfawr iawn yw amser. Ond i'r Baudelairiaid, roedd yr amser hwn roedden nhw wedi dyfeisio ffordd o'i ennill, yn arbennig o werthfawr. Doedd fiw iddyn nhw wastraffu'r un eiliad ohono.

Os byth y bydd eich tafod wedi chwyddo oherwydd alergedd i rywbeth fe fyddwch chi, fel Klaus, yn darganfod yn fuan nad oes neb yn gallu deall yr un gair a ddywedwch chi.

"Bla bla bla bla," oedd yr unig synau a glywai Violet a Sunny wrth i'r tri gamu o'r tacsi a cherdded tuag at ddrws gwyn tŷ Bopa Josephine.

"Sgen i ddim syniad beth wyt ti'n trio'i ddweud," meddai Violet, gan grafu map mawr coch o Ynys Môn oedd wedi ymddangos ar ei gwddf.

"Bla bla bla bla," ailadroddodd Klaus. Beth oedd

ystyr hyn, pwy a ŵyr?

"Na hidia," meddai Violet wrth i'r tri fynd i mewn. "Mae gen ti amser nawr i ganolbwyntio ar ba bynnag syniad sgen ti am y nodyn."

"Bla bla bla bla," blaodd Klaus.

"Dwi'n dal heb ddeall gair," meddai Violet. Roedd hi wrthi'n brysur yn diosg cot Sunny, ac yna fe dynnodd ei chot ei hun hefyd. Gollyngodd y ddwy ar lawr y cyntedd. Ddylai neb adael cotiau ar lawr cyntedd, wrth gwrs. Dylai cotiau gael eu hongian yn deidi ar ôl eu diosg, ond pan fydd map o Ynys Môn yn cosi'n gynddeiriog ar eich gwddf, mae arferion felly'n tueddu i gael eu anghofio. "Tra wyt ti'n meddwl am y nodyn, Klaus, fe aiff Sunny a fi i ymdrochi mewn dŵr oer, er mwyn lleddfu'r cosi."

"Bla!" gwaeddodd Sunny. Ond wedi drysu oedd hi, a'r hyn roedd hi wedi bwriadu'i ddweud oedd "Gans!" Y naill ffordd neu'r llall, yr hyn a olygai oedd, "Diolch byth! Mae'r cosi 'ma'n ddigon i'n hurto i'n llwyr".

Siglodd Klaus ei ben i fyny ac i lawr i ddangos ei gytundeb, ond doedd e ddim am ddiosg ei got. Fe wyddai y byddai ei hangen arno am ei fod ar fin mynd i'r llyfrgell i ddechrau ar ei waith.

Roedd hi'n oer iawn yno, wrth gwrs, am fod y ffenestr fawr lydan wedi mynd, ond doedd Klaus ddim wedi disgwyl y byddai'r lle wedi newid cymaint. Cafodd y darn olaf o wydr ei chwythu ymaith gan wyntoedd y corwynt oedd ar fin cyrraedd ac roedd y glaw wedi gwlychu'r cadeiriau cysurus ynghanol yr ystafell. Ar y llawr, roedd rhai o'r llyfrau oedd wedi disgyn oddi ar y silffoedd. Roedd y glaw wedi eu staenio a'u chwyddo. Does fawr ddim yn fwy trist na gweld llyfr wedi cael ei ddifetha, ond doedd gan Klaus ddim amser i bendroni dros dristwch y sefyllfa. Byddai Capten Sham yno toc i'w gasglu, a rhaid oedd symud ar frys. Tynnodd nodyn Bopa Josephine o'i boced a'i agor ar y bwrdd, gan roi llyfr trwm ar un gornel i atal y gwynt rhag ei chwythu i ffwrdd. Yna aeth draw at silff lle nad oedd y glaw wedi cael cyfle i ddifetha dim a dewisodd dri llyfr mawr, trwchus: *Pam y mae Pobl yn Camsillafu Weithiau*; *Y Treigliadau a Phethau Eraill Tebyg* a *Dirgelwch y Cysylltnod*. Roedd yn gwegian dan y pwysau wrth gario'r cyfrolau at y bwrdd. "Bla bla bla," ochneidiodd mewn rhyddhad wrth ollwng y llwyth o'i ddwylo.

Fel arfer, bydd llyfrgell yn y prynhawn yn lle delfrydol i weithio, ond dyw hynny ddim yn wir pan fydd gwydr y ffenestr wedi'i chwalu a chorwynt ar fin cyrraedd. Er mor oer ac annymunol oedd hi, thalodd Klaus ddim sylw i hynny wrth iddo bori drwy ddarnau o'r tri llyfr. Darllenodd bopeth drosodd a throsodd. Dyna beth yw ystyr "pori" pan fyddwch chi'n sôn am bobl yn "pori dros lyfr". Tynnodd gylchoedd o gwmpas ambell air ar nodyn Bopa Josephine. Yna, fe glywodd sŵn taranau. Gyda phob taran, roedd y tŷ'n ysgwyd yn arswydus ond dal ati i droi tudalennau a gwneud nodiadau wnaeth Klaus. Pan ddechreuodd mellt saethu'r drwy'r awyr y tu allan, cadw'i drwyn wrth y bwrdd wnaeth Klaus, gan ddal i ganolbwyntio'n ddwys.

Ar ddiwedd y cyfan, ysgrifennodd ddau air ar waelod nodyn Bopa Josephine, a dyna pryd y daeth Violet a Sunny i mewn. Bu bron i Klaus neidio o'i groen, cymaint oedd e wedi bod yn canolbwyntio.

"Bla Mowredd Dad! Bla," bloeddiodd mewn

syndod. Roedd y chwyddu yn ei dafod yn dechrau mynd i lawr erbyn hyn.

"Ydy'r dŵr oer wedi gweithio?" gofynnodd.

"Dyw bath oer byth yn bleserus iawn," atebodd Violet. " Ond mae hi bron mor rhewllyd yma ag oedd hi yn y bath. Na hidia! Pa hwyl gest ti arni? Pam wyt ti wedi tynnu cylchoedd ar nodyn Bopa Josephine?"

"Cywirdeb iaith," atebodd Klaus.

"Bla?" gwichiodd Sunny ar ffurf cwestiwn. Yr hyn roedd hi'n ei olygu oedd, "Nid dyma'r amser i wastraffu amser ar beth felly."

"Rwy'n siŵr erbyn hyn bod Bopa Josephine wedi gadael neges inni yn y nodyn hwn," aeth Klaus yn ei flaen i egluro.

"Menyw anhapus iawn oedd hi," meddai Violet. "Rhoddodd ddiwedd ar y cyfan trwy daflu ei hun o'r ffenestr lydan. Pa neges arall all fod?"

"Mae'n llawn gwallau iaith," meddai Klaus, gan gyfeirio at y nodyn. "Doedd dim byd yn fwy pwysig i Bopa Josephine na chywirdeb iaith. Rhaid bod rhyw reswm pam ei fod e'n llawn camsillafu a threigliadau anghywir. A dyna dwi wedi bod yn ei wneud. Ceisio darganfod pam."

"Weli!" meddai Sunny, gan feddwl ei bod hi nawr yn dechrau gweld beth olygai Klaus.

Rhwbiodd Klaus y diferion o law oddi ar ei sbectol cyn cario ymlaen â'i esboniad. "Nawr, rydyn ni'n gwybod yn barod bod ganddi 'A' yn lle 'O' yn enw Violet ar y dechrau. Felly, dyna'r llythyren gyntaf – O."

"Llythyren gynta beth?" holodd Violet yn ddiamynedd.

"Aros funud. Fe eglura i nawr. Yn y frawddeg nesa, 'Mae 'nghalon wedi bod cyn oered ac un Eic ...', mae'r 'ac' yn anghywir. Mae 'ac' fel 'a' yn gysylltair – hynny yw, gair sy'n dod rhwng dau air mewn rhes, fel 'bacwn ac wy'. Ond nid dyna'r ystyr fan hyn. Ffordd ffansi o ddweud bod ei chalon mor oer ag un Eic yw 'cyn oered ag un Eic', ac mae pobl yn aml yn defnyddio 'ac' pan maen nhw'n meddwl 'ag'. Ond fydde Bopa Josephine byth yn gwneud camgymeriad o'r fath. Dyna'r ail lythyren anghywir, felly. A'r hyn ddyle fod 'na yw G."

"Ogi ogi!" gwichiodd Sunny, gan feddwl ei bod yn

glyfar dros ben.

"'Erbyn ichi ddarllen y neges hwn …' yw geiriau nesaf Bopa Josephine," aeth Klaus yn ei flaen. "Camgymeriad amlwg arall."

"O, ie, ti'n iawn," torrodd Violet ar ei draws. "Gair benywaidd yw 'neges', felly 'neges hon' sy'n gywir, nid 'neges hwn'."

"Yn gwmws," cytunodd Klaus. "A dyna O arall inni. Wedyn, mae'n dweud '… mi bydda i wedi mynd'. Dyw hi ddim wedi treiglo 'bydda' i 'fydda' fel y dylai hi."

"O, Klaus," meddai Violet mewn rhyfeddod. "Wrth gwrs, rwyt ti'n hollol gywir eto. Ond pam na wnes i sylwi ar wallau mor syml?"

"Pan chi'n darllen nodyn mae rhywun wedi'i adael ar ôl lladd ei hunan, dyw'r gwallau gramadeg ddim ymysg y pethau amlwg i ddal eich sylw," meddai Klaus i'w chysuro.

"Rhaid bod tipyn o Bopa Josephine ynot tithe, Klaus," meddai Violet, "neu fyddet ti ddim wedi sylwi."

"Rydyn ni bron â chreu gair nawr," meddai Klaus

yn gyffrous. "'O', 'G', 'O' a nawr yr 'F' o 'fydda i' …"

"Ogof!" gwaeddodd Violet, a gwnaeth Sunny ryw synau yn ei gwddf i adael iddyn nhw wybod ei bod hithau'n cytuno.

"Mae mwy i ddod," addawodd Klaus ac ar ôl dathlu darganfod un gair cudd yn nodyn trist Bopa Josephine, fe drodd y tri eu llygaid yn ôl at y darn papur. "'Nid iw yn hawdd …' sydd ganddi nesaf. Dyw 'iw' yn ddim iws o gwbl fel gair. Dyw e ddim yn bod."

"'Yw' sy'n gywir, wrth gwrs," meddai Violet, oedd yn dal yn ddig â hi ei hun am beidio a sylwi ar y pethau hyn ynghynt. "Felly, dyna 'Y' … Ac yna, edrych!" roedd ei llygaid wedi rhuthro ar hyd y frawddeg wrth siarad. "Mae hi wedi ysgrifennu'r gair 'ci' pan mae hi'n golygu 'chi', sef ni!"

"Yyyyyyyyy!" gwichiodd Sunny, oedd wedi drysu'n lân.

"'Nid iw yn hawdd i blant fel ci ddeall beth yw bod yn weddw' yw'r hyn ysgrifennodd Bopa Josephine, ond rwyt ti yn llygad dy le, Violet," ceisiodd Klaus egluro eto. "Ond dyw hi ddim yn sôn am yr un ci. 'Chi' yw'r gair mae hi'n olygu."

"Ch!" Am unwaith roedd Sunny wedi llwyddo i gael yr union sŵn iawn yn y lle iawn.

"Da iawn," dywedodd ei brawd mawr wrthi. "Ond nawr, mae pethe'n troi'n wirioneddol ddiddorol. 'Diddim iawn fu fy mywyd'," darllenodd Klaus o'r nodyn.

"Ocs!" oedd ymateb Sunny. Os oedd bywyd yn 'ddiddim', doedd e ddim yn swnio'n ddiddorol iawn iddi hi.

"Mae'r frawddeg yna'n swnio'n iawn i fi," barnodd Violet.

"Ydy," cytunodd Klaus. "Mae'n swnio'n iawn, mae'n wir. Ond pan mae gair yn air cyfansawdd ..."

"Sy'n golygu gair wedi'i wneud i fyny o ddau air arall wedi'u rhoi gyda'i gilydd," atgoffodd Violet ei hun.

"Dyna ti," meddai Klaus. "A phan mae'r ddau air hynny yn rhai unsill, rhaid cael cysylltnod rhwng y ddau fel arfer. Un sill sydd i'r ffurf negyddol 'di' ac un sill sydd i 'dim'. Felly, wrth ysgrifennu, 'di-ddim' sy'n gywir."

"Gyda'r cysylltnod hefyd, mae gyda ni nawr Ych-. Mi wn i beth yw'r gair!" gwaeddodd Violet mewn llawenydd. "Ych-a-fi!"

"Fe weli di bod 'Rheid' wedi'i gamsillafu." meddai Klaus. "'A' ddylai fod lle mae'r 'E'."

"O, ie! Ac edrych ar 'dilol'," gorchmynnodd Violet. "Mae angen cysylltnod arall ynghanol hwnnw. 'Rhaid mynd yn ddi-lol' yw'r ffordd gywir o ysgrifennu'r frawddeg yna."

"Ac yn y frawddeg 'Fy nymuniad olaf yw ichi mynd …' dyw hi'n amlwg ddim wedi treiglo 'mynd' yn fwriadol, er mwyn tynnu ein sylw at y llythyren 'F'."

"Ond mae hynny'n gadael yr 'I dot' olaf," meddai Violet mewn dryswch. Roedd gweddill y neges yn edrych yn iawn iddi hi.

"Un bach anodd," eglurodd Klaus. "Ond gwall cyffredin arall. Ffurf lluosog 'ei' yw 'eu', ond yn y frawddeg ola' 'na, dyn da rydw i'n eu edmygu'n fawr …', sôn am un dyn da oedd Bopa Josephine …"

"Iarll Olaf. Dyn drwg iawn," torrodd Violet ar ei draws.

"Ie," cytunodd Klaus, "ond, yn ramadegol, 'ei' ddylai fod yno. Mae hynny'n rhoi inni'r 'I' derfynol ar ddiwedd yr enw Ogof Ych-..."

Ar y gair, chwyrlïodd gwynt arswydus drwy'r ffenestr agored, gan ysgwyd y llyfrgell fel petai'n bâr o faracas – sef offerynnau cerdd o America Ladin sy'n cael eu chwarae trwy eu hysgwyd yn eich llaw. Cafodd cadeiriau eu bwrw i'r llawr, a hyrddiwyd rhagor o lyfrau oddi ar y silffoedd i ganol y pyllau dŵr a oedd wedi ymddangos ar y llawr. Nid cadeiriau a llyfrau yn unig bellach oedd ar wastad eu cefnau ar lawr. Dyna ddigwyddodd i'r Baudelairiaid hefyd. A fflachiodd golau llachar mellten ffyrnig ar draws y tywyllwch oedd yn araf lenwi'r llyfrgell.

"Hen bryd inni fynd mas o fan hyn," gwaeddodd Violet ar ei brawd a'i chwaer dros y trwst. Cydiodd yn y ddau gerfydd eu dwylo a'u tywys tua'r drws, ond doedd hi ddim yn hawdd ymladd yn erbyn grym y gwynt. Teimlai fel petaen nhw'n cerdded i fyny rhiw serth, a chael a chael fu iddyn nhw gyrraedd y coridor yn ddiogel a chau'r drws ar eu holau.

"Llyfrgell Bopa Josephine! Beth ddaw o'r lle?"

gofynnodd Violet yn drist.

"Bydd raid imi fynd yn ôl i mewn," meddai Klaus gan godi'r nodyn yn yr awyr. "'Dyn ni'n dal ddim yn gwybod beth yw ystyr Ogof Ych-a-fi."

"Fydde'r llyfrgell hon ddim wedi bod o help, ta beth, Klaus," meddai Violet. "Gramadeg a threigliadau oedd unig ddiddordeb Bopa Josephine. Llyfr ar Lyn Dagrau sydd ei angen arnat ti."

"Sut hynny?" gofynnodd yntau.

"Fe fentra i sofren mai dyna lle mae Ogof Ych-a-fi," atebodd Violet. "Roedd hi'n gyfarwydd â phob ynys yn y llyn a phob ogof ar hyd ei glannau. Wyt ti'n ei chofio hi'n dweud hynny? Un o ogofâu Llyn Dagrau yw Ogof Ych-a-fi, siŵr iti."

"Ond pam fydde hi am adael neges gudd inni am rhyw ogof ddi-ddim?"

"Dwi ddim yn meddwl ei bod hi wedi marw wedi'r cwbl," meddai Violet, gan syfrdanu Klaus a Sunny. "Dwi'n meddwl ei bod hi am i bobl eraill *feddwl* hynny. Ond mae hi am i ni wybod yn wahanol. Rhaid inni ddod o hyd i Ogof Ych-a-fi. Dyna lle mae hi'n cuddio."

"Ble gawn ni wybodaeth am Lyn Dagrau?" gofynnodd Klaus. "Ble mae'r llyfrau hynny, tybed? Mae hi wedi eu rhoi i gadw yn rhywle."

Gwichiodd Sunny rywbeth ond boddwyd ei llais gan ru taran nerthol a ysgydwodd y tŷ unwaith eto.

"Rhaid inni feddwl tybed ym mhle fyddech chi'n cuddio rhywbeth doeddech chi byth am ei weld eto," meddai Violet.

Aeth pawb yn dawel wrth i'w meddyliau fynd yn ôl i'r amser pan oedd eu rhieni'n fyw a phawb ohonyn nhw'n byw'n gytûn mewn un tŷ mawr crand.

Gallai Violet gofio organ geg otomatig roedd hi wedi'i dyfeisio unwaith – roedd hynny'n cynhyrchu sŵn mor aflafar nes iddi ei chuddio o'r golwg am byth. Llyfr ar y Rhyfel Ffranco-Prysiaidd ddaeth i feddwl Klaus. Roedd e'n llyfr mor anodd i'w ddarllen, cuddiodd Klaus ef o'r golwg rhag cael ei atgoffa ohono. Gwnaeth Sunny'r un peth â charreg arbennig o galed roedd hi wedi methu'n lân ei thorri â'i dannedd miniog.

"O dan y gwely," meddai Violet.

"O dan y gwely," cytunodd Klaus.

"Sica ni," cytunodd Sunny a chyda hynny, rhedodd y tri i lawr y coridor at ystafell Bopa Josephine. Nawr, fel arfer, mae mynd i mewn i ystafell rhywun heb guro'r drws yn gyntaf yn beth anghwrtais iawn i'w wneud. Gallwch wneud eithriad o hynny os yw'r person yn farw, neu'n esgus bod yn farw ac felly aeth y Baudelairiaid trwy'r drws yn ddiymdroi.

Doedd ystafell Bopa Josephine ddim yn annhebyg i ystafell y plant. Roedd yna gwrlid glas tywyll ar y gwely a phentwr o ganiau yn y gornel. Edrychai'r ffenestr fechan i gyfeiriad y bryniau gwlyb ac wrth erchwyn ei gwely roedd nifer o lyfrau gramadeg nad oedd hi wedi dechrau eu darllen eto – a thrist gorfod dweud, na fyddai hi byth yn eu darllen mwyach. Ond yr unig beth o ddiddordeb i'r tri oedd y gofod o dan ei gwely. Penliniodd y plant fel un, gan ddechrau twrio.

Roedd hi'n amlwg bod gan Bopa Josephine ddigonedd o bethau doedd hi byth am eu gweld eto. O dan y gwely roedd padell ffrio ac amryw o sosbenni – am eu bod yn ei hatgoffa o'r stôf, siŵr o fod. Roedd yno bâr o sanau hyll roddodd rhywun iddi'n anrheg ryw dro, a llun mewn ffrâm o wyneb caredig rhyw ddyn a llond dwrn o fisgedi yn ei law. Rhaid mai Eic oedd hwn, tybiodd y plant, ac roedd Bopa Josephine wedi rhoi ei lun yno am fod edrych arno'n gwneud iddi deimlo mor drist. Ond y tu ôl i'r sosban fwyaf, roedd pentwr o lyfrau ac am y rheini yr estynnodd y plant ar ras.

"*Adar Gwyllt Llyn Dagrau*," darllenodd Violet deitl un llyfr yn uchel. "Fydd hwn o ddim help."

"*Ar Wely Llyn Dagrau*," darllenodd Klaus un arall. "Un arall di-werth."

"*Brithyll Llyn Dagrau*," ychwanegodd Violet at y rhestr.

"*Hanes Glanfa Damocles Mewn Lluniau Lliw a Jôcs Coch*," dywedodd Klaus yn araf. "Diddorol, ond o ddim help."

"*Ifan Dagrau – Llyn-garwr Arwrol*," darllenodd Violet.

"*Atlas o Lyn Dagrau*," symudodd Violet ymlaen at y nesaf.

"Atlas?" meddai Klaus yn obeithiol. "Bydd hynny'n berffaith. Llyfr o fapiau yw atlas."

Wrth i ragor o fellt oleuo'r ystafell â'u goleuni dramatig, aeth tywydd mawr yn dywydd mwy. Roedd sŵn y glaw ar y to fel sŵn marblis yn cael eu taflu ato, ond doedd dim amser gan y plant i dalu sylw i'r fath beth. Roedden nhw'n rhy brysur yn troi tudalennau'r llyfr swmpus yn chwilio am Ogof Ych-a-fi.

"Mae pedwar cant, saithdeg ag wyth o dudalennau yn y llyfr hwn," cyhoeddodd Klaus. "Fe fyddwn ni yma am byth yn dod o hyd i Ogof Ych-a-fi."

"Gyda Capten Sham ar ei ffordd y munud 'ma, mae amser yn brin," meddai Violet. "Beth am inni droi at y mynegai yn y cefn ac edrych o dan 'O' am Ogof."

Rhestr o bopeth sydd mewn llyfr, wedi'u gosod yn ôl trefn yr wyddor ac yn nodi rhif tudalen, yw "mynegai". Aeth Klaus i gefn yr atlas i ddod o hyd iddo. Trodd y tudalennau nes dod at yr "O". Yna gwibiodd ei lygaid i lawr y gwahanol ogofâu a restrwyd. Ogof Abysinia, Ogof Eglwys, Ogof Gymylog … Rhaid oedd gwibio'n nes at ddiwedd y rhestr i ddod o hyd i Ych-a-fi, sylweddolodd, gan bod 'Y' yn dod ar gwt yr wyddor. Ac roedd e'n iawn. O'r diwedd, daeth o hyd i Ogof Ych-a-fi: tudalen cant a phedwar.

Prysurodd ei fysedd i ddod o hyd i'r tudalen gywir. "Ogof Ych-a-fi! Ogof Ych-a-fi! Ble mae hi?"

"Dyma hi!" Pwyntiodd Violet ei bys at yr enw. "Gyferbyn â Glanfa Damocles, a mymryn i'r gorllewin o'r Goleudy Lafant. Bant â ni!"

"Bant â ni?" ailadroddodd Klaus mewn dryswch. "Ond sut awn ni dros y dŵr?"

"Ar y Fferi Chwit-chwat, wrth gwrs," atebodd Violet gan bwyntio'n ôl at y map. Roedd rhes o ddotiau'n croesi o Lanfa Damocles at y Goleudy Lafant, gan ddangos llwybr y fferi. "Pan gyrhaeddwn ni'r goleudy, fyddwn ni ddim ymhell o'r ogof."

"Ond sut gyrhaeddwn ni Lanfa Damocles?" gofynnodd Klaus yn amheus. "Allwn ni ddim cerdded yno yn y glaw trwm 'ma."

"Does ganddon ni ddim dewis," mynnodd ei chwaer. "Rhaid inni ddod o hyd i Bopa Josephine yn fyw ac yn iach neu fe fydd Capten Sham yn cael gafael arnon ni."

"Gobeithio'i bod hi'n dal …." Dim ond dechrau ei

frawddeg oedd Klaus pan dynnwyd ei sylw gan rywbeth brawychus a welai drwy'r ffenestr. "Edrychwch!" meddai.

Edrychai ffenestr ystafell Bopa Josephine allan ar y bryniau y tu ôl i'r tŷ, a phan edrychodd Sunny a Violet i weld beth oedd wedi codi ofn ar Klaus, yr hyn welen nhw oedd un o'r stilts oedd yn cadw'r tŷ ar ei draed, a hwnnw wedi plygu. Roedd ôl llosgi ar y metel lle'r oedd mellten wedi ei daro, a chyda'r gwynt yn chwythu mor gryf dechreuodd popeth wegian o dan y pwysau.

"Tafca!" gwichiodd Sunny a chymerodd y ddau arall mai ystyr hyn oedd, "Does dim amser i'w golli. Rhaid gadael nawr!"

"Mae Sunny'n iawn," cytunodd Violet. "Gafaela di yn yr atlas, ac fe wna inne ..."

Tro Violet oedd hi i adael brawddeg ar ei hanner y tro hwn. Wrthi'n siarad oedd hi pan newidiodd ystyr "gwegian" o fod yn "symud yn beryglus ac araf yn ôl a blaen" i "hyrddio'n ffyrnig" gan daflu'r Baudelairiaid oddi ar eu traed. Taflwyd Violet yn erbyn coes y gwely, gan daro'i phen-glin ar y pren caled. Taflwyd Klaus yn erbyn rheiddiadur oer, a brifodd ei droed. Taflwyd Sunny yn erbyn y pentwr o ganiau a brifodd bopeth. Roedd yr holl ystafell wedi llamu i un ochr, a bellach roedd hi'n hongian yn beryglus dros y clogwyn.

"Dewch!" gwaeddodd Violet, gan godi Sunny yn ei breichiau. Roedd dianc yn anodd. Y llawr oddi tanynt fel rhiw serth. Y nenfwd yn dechrau disgyn ar eu pennau. Y glaw yn diferu trostynt. "Sblish-sblash!" meddai'r carped ar lawr y cyntedd wrth iddyn nhw ymladd eu ffordd at ddrws y ffrynt.

Hyrddiwyd y tŷ drachefn a thaflwyd y plant yn ôl i'r llawr. Roedd cartref Bopa Josephine ar fin disgyn yn racs jibidêrs oddi ar ei goesau metal brau, gan ddisgyn yn deilchion i'r llyn.

"Dewch!" gwaeddodd Violet unwaith eto, ond Klaus oedd y cyntaf i lwyddo i godi a brwydro'i ffordd at y drws. Llithrai Violet a Sunny yn y pyllau dŵr wrth geisio'i ddilyn. Fe allen nhw weld eu brawd yn tynnu'r drws ar agor yn araf, araf bach. Roedden nhw o fewn trwch blewyn i fod yn ddiogel. Ond herciodd y tŷ drachefn gydag ochenaid arswydus, fel petai'n anadlu am y tro olaf.

"Dewch!" bloeddiodd Violet wrth i'r tri gropian drwy'r drws ac ymladd eu ffordd allan i oerni iasol y glaw. Roedden nhw'n rhynnu. Roedd arnyn nhw ofn. Cofleidiodd y tri ei gilydd yn dynn. O leiaf roedd pawb wedi llwyddo i ddianc, ac roedden nhw'n ddiogel am y tro.

Yn ystod fy oes hir a chythryblus, fe welais i'r pethau rhyfeddaf. Gwelais gyfres o goridorau wedi'u creu'n gyfan gwbl o benglogau dynol. Gwelais losgfynydd yn ffrwydro gan dasgu llif o lafa crasboeth i gyfeiriad pentref diymgeledd. Gwelais fenyw ro'n i'n ei charu'n angerddol yn cael ei chipio gan eryr a'i chario i'w nyth anghysbell yn y mynyddoedd. Ond alla i ddim dychmygu sut brofiad oedd e i'r Baudelairiaid wrth wylio tŷ Bopa Josephine yn disgyn yn bendramwnwgl i Lyn Dagrau. O'r ymchwil fanwl wnes i, rwy'n cael ar ddeall bod y drws wedi malu'n ddarnau mân y munud yr aeth y tri trwyddo. Clywais sôn i'r plant ddal yn dynn yn ei gilydd a gwylio'n fud. Pwy a ŵyr beth oedd yn mynd trwy'u meddyliau wrth glywed gwichian dirdynnol y tŷ rhyfeddol hwnnw, a'i weld yn diflannu o flaen eu llygaid – o'i safle ysblennydd yno ar ben y bryn i lawr i ddüwch garw'r storm, a'r dyfroedd dyfnion yn aros yn awchus amdano ar waelod y dibyn.

Ymadrodd cyffredin iawn gyda rhai pobl sy'n hynod benderfynol yw "Trwy ddŵr a thân". Maen nhw mor benderfynol o gadw at beth bynnag maen nhw wedi bwriadu'i wneud, does dim ots pa anawsterau y bydd bywyd yn rhoi yn eu ffordd, byddant yn mynnu bwrw ati i ddilyn y cynlluniau hynny "trwy ddŵr a thân".

Er mawr ofid i'r Baudelairiaid, doedd yr ymadrodd hwn ddim yn un a oedd yn golygu fawr ddim i gwmni Fferi Chwit-chwat. Roedd y plant wedi gorfod cerdded yn drafferthus i lawr y rhiw, gan sylweddoli'n ddigon buan na fyddai dim yn well gan y storm na'u gweld nhw'n codi oddi ar y ddaear a hedfan dros y clogwyn i mewn i'r dŵr islaw. Chafodd y merched ddim cyfle i nôl eu cotiau, hyd yn oed, cyn dianc o'r tŷ ac felly fe gymerodd Violet a Sunny dro am yn ail i lochesu dan got Klaus wrth droedio'n ofalus trwy'r dŵr a lifai'n bwerus i lawr y lôn. Daeth car i'w cwrdd unwaith neu ddwy, a bu'n rhaid iddyn nhw redeg i guddio yn y llwyni, rhag ofn mai Capten Sham oedd yno'n dod i'w nôl.

Erbyn cyrraedd Glanfa Damocles, roedd traed y tri yn wlyb diferol ac yn oer fel iâ, ac roedden nhw wedi brwydro'u ffordd drwy'r storm dim ond i weld y geiriau WEDI CAU yn ffenestr y swyddfa docynnau, wedi'r cwbl.

"Wedi cau?" gwaeddodd Klaus gan fethu credu'r peth. Roedd yn rhaid iddo weiddi i gystadlu â'r corwynt. "Sut awn ni i Ogof Ych-a-fi nawr?"

"Bydd raid inni aros nes bydd y swyddfa docynnau'n agor," atebodd Violet.

"Ond dyw hi ddim yn mynd i agor tan i'r storm fynd heibio," meddai Klaus. "Erbyn hynny, fe fydd Capten Sham wedi'n cipio ni."

"Wn i ddim beth allwn ni'i wneud 'te," meddai Violet gan grynu. "Draw dros y llyn mae'r ogof, yn ôl yr atlas, ac allwn ni byth *nofio* i'r ochr draw yn y tywydd yma."

"Sbloshti!" ychwanegodd Sunny, oedd yn golygu rhywbeth fel "ac allwn ni ddim cerdded rownd y llyn chwaith".

"Rhaid bod 'na gychod eraill ar y llyn heblaw am y cwch fferi," meddai Klaus. "Cychod modur, neu gychod pysgota, neu ..." Roedd yr un peth newydd groesi meddwl ei ddwy chwaer ar yr un pryd.

"Neu *gwch hwylio*!" Violet ynganodd y geiriau gyntaf. "Cychod hwylio Capten Sham. Fe ddywedodd ei fod e'n rhedeg ei fusnes o Lanfa Damocles."

Llochesai'r plant dan adlen y swyddfa docynnau gaeëdig a throdd llygaid y tri gyda'i gilydd i lawr y lanfa wag, reit i'r pen pellaf, lle'r oedd clwyd fawr fetel gyda sbeiciau miniog ar hyd y top. Uwchben y glwyd, roedd arwydd mawr nad oedd y plant yn gallu'i ddarllen a nesaf at hwnnw roedd cwt bychan gyda golau gwan i'w weld y tu mewn. Rhythodd Violet, Klaus a Sunny a suddodd eu calonnau. Byddai mynd i swyddfa Cychod Hwylio Capten Sham er mwyn dod o hyd i Bopa Josephine fel mynd i mewn i ffau llewod i ddianc rhag llew.

"Fiw inni fynd fan'na," meddai Klaus.

"Mae'n rhaid inni," meddai Violet. "A dyw Capten Sham ddim yno. Mae e naill ai ar ei ffordd lan y rhiw i'n nôl ni, neu mae e'n dal 'da Mr Poe yn y Clown Pryderus."

"Ond fydd pwy bynnag sydd yno ddim yn gadael inni logi cwch."

"Fe ddywedwn ni mai plant y Jonesiaid 'yn ni, a'n bod ni am fynd i hwylio," meddai Violet. "Fydd e ddim yn gwybod mai ni yw'r Baudelairiaid."

"Fydde'r Jonesiaid na neb arall yn llogi cwch hwylio ynghanol corwynt," oedd ateb Klaus i hynny.

"Gawn ni weld," mynnodd Violet a dechreuodd

gerdded i lawr y lanfa. Dilynodd Klaus gan gofleidio'r atlas at ei frest. Tro Sunny oedd hi i fynd dan gysgod y got a daliodd ynddi'n dynn, gan ddal i grynu. Cyn pen dim, roedden nhw'n sefyll o dan yr arwydd: CEWCH HWYL AR POB CWCH. Ond doedd y glwyd ddim ar agor. Oedodd y plant yno, gan feddwl ddwywaith am fentro i mewn i'r cwt.

"Beth am gymryd cipolwg," sibrydodd Klaus, gan bwyntio at ffenestr oedd yn rhy uchel iddo ef na Sunny allu edrych trwyddi. Trwy sefyll ar flaenau'i thraed gwlyb ac oer, roedd modd i Violet gael cip, ond gwyddai ar unwaith nad oedd gobaith ganddynt logi cwch.

Lle bychan iawn oedd y cwt. Roedd desg ar ganol y llawr a bylb noeth yn hongian o'r nenfwd uwch ei phen, gan roi golau gwan yn awr ac yn y man. Mewn cadair wrth y ddesg, yn cysgu'n drwm, roedd person anferth, a edrychai fel blob mawr. Daliai botel o gwrw mewn un llaw a modrwy fawr fetel yn y llall, gyda sypyn mawr o allweddi'n sownd wrthi. Wrth gysgu, roedd y blob mawr yn chwyrnu, y botel yn ysgwyd a'r allweddi'n clincian yn aflafar yn erbyn ei gilydd. Ond nid y sŵn roedd e'n ei greu oedd y peth mwyaf brawychus amdano. Yr hyn gododd yr ofn mwyaf ar Violet oedd y ffaith nad oedd modd gwybod yn sicr ai dyn neu fenyw oedd e. Does dim llawer o bobl felly yn y byd, a gwyddai Violet yn iawn pwy oedd hwn … neu hon. Efallai eich bod chi wedi anghofio am gyfeillion Iarll Olaf, ond roedd y Baudelairiaid wedi'u gweld nhw yn y cnawd – a golygai hynny lawer iawn, iawn o gnawd yn achos y person yma. Creaduriaid rhyfedd iawn oedd mêts Iarll Olaf. Roedden nhw'n gas, yn anghwrtais ac yn dan-din – sy'n golygu na allech chi eu trystio nhw am eiliad. Yn waeth na'r cyfan, roedden nhw wastad yn ufuddhau i Iarll Olaf, a doeddech chi byth yn gwybod pryd y bydden nhw'n ymddangos. A dyma un wedi ymddangos nawr, yn y cwt, yn dwyllodrus, yn beryglus ac yn chwyrnu.

Rhaid bod wyneb Violet wedi dweud y cyfan, achos fe wyddai Klaus yn syth bod rhywbeth o'i le "… ar wahân i Gorwynt Herman, Bopa Josephine yn esgus bod yn farw a Chapten Sham yn dynn ar ein sodlau," eglurodd.

"Un o ffrindiau Iarll Olaf," meddai Violet. "Yn y cwt."

"Pa un?"

"Yr un allwn ni ddim bod yn siŵr ai dyn neu fenyw yw e," atebodd Violet.

"Dyna'r un sy'n codi'r ofn mwya arna i," barnodd Klaus.

"Twpso!" sibrydodd Sunny, oedd mwy na thebyg yn golygu, "Beth am drafod hyn rywbryd eto?"

"Welodd e neu hi ti?"gofynnodd Klaus.

"Naddo. Mae'n cysgu," atebodd Violet. "Ond mae'n dal modrwy anferth yn llawn allweddi, a dwi bron yn siŵr y bydd angen un o'r rheini arno'n ni i agor y glwyd a chyrraedd y cychod."

"Ydyn ni'n mynd i ddwyn cwch hwylio?" gofynnodd Klaus.

"Oes 'da ni ddewis?" gofynnodd Violet.

Mae dwyn, wrth gwrs, yn drosedd ac yn beth anghwrtais iawn i'w wneud. Ond fel y rhan fwyaf o bethau anghwrtais, fe allwch chi ei esgusodi mewn rhai amgylchiadau. Allwch chi mo'i esgusodi, serch hynny, os ydych chi mewn amgueddfa ac yn cymryd ffansi at un o'r lluniau. Does dim ots yn y byd faint yn well rydych chi'n meddwl y byddai'r llun yn edrych ar wal eich tŷ chi. Does dim esgus o gwbl dros ddwyn y llun. Ond petaech chi ar eich cythlwng, heb unrhyw ffordd o gael arian i brynu bwyd, fe allech chi ddwyn y llun a mynd ag e'n ôl i'ch tŷ i'w fwyta. "Rhaid cyrraedd Ogof Ych-a-fi cyn gynted â phosibl," ychwanegodd Violet. "Ond wn i ddim sut gawn ni'r allwedd. Mae drws y cwt yn gilagored, ond mae'n gwichian ac fe allai gadw sŵn dychrynllyd petai'n cael ei agor led y pen."

"Fe allet ti wasgu dy hun drwy'r ffenestr trwy sefyll ar fy ysgwyddau i, a gall Sunny gadw llygad, rhag ofn i rhywun ddod."

"Ble *mae* Sunny?" holodd Violet yn bryderus. Edrychodd y ddau ar y llawr, lle roedd cot Klaus yn gorwedd, ond doedd neb yno. A doedd dim golwg o neb ar hyd y Lanfa chwaith.

"Mae hi wedi diflannu!" llefodd Klaus mewn braw. Ond cododd Violet fys at ei cheg, i ddweud wrtho am gadw'n dawel. Cododd ar flaenau ei thraed i edrych drwy'r ffenestr, a dyna lle'r oedd Sunny'n cropian drwy'r drws cilagored

"Mae hi hanner ffordd i mewn i'r cwt," sibrydodd wrth Klaus, gan edrych ar Sunny'n tynhau'i chorff wrth gropian, rhag iddi orfod gwthio'r drws yn lletach ar agor.

"Beth?" gwichiodd Klaus mewn braw. "Rhaid inni ei stopio!"

"Mae hi newydd fynd trwy gil y drws," meddai Violet.

"'Fe addawon ni i'n rhieni y bydden ni'n edrych ar ei hôl," meddai Klaus.

"Mae hi wedi estyn am y fodrwy fawr llawn allweddi," dywedodd Violet wedyn. "Mae'n ei thynnu'n rhydd o law y person mawr tew."

"Ddylen ni ddim gadael iddi wneud hyn," meddai Klaus. Fflachiodd mellten ddisglair ar draws yr awyr ar yr un pryd.

"Mae'r allweddi'n saff 'da Sunny," aeth Violet yn ei blaen i ddisgrifio'r olygfa. "Mae hi newydd roi'r fodrwy fawr yn ei cheg, ac mae hi'n ôl ar ei bola'n cropian drwy'r drws."

"Fe lwyddodd hi?" gofynnodd Klaus mewn

rhyfeddod. Cyn i Violet gael cyfle i ateb, dyna lle'r oedd y lleiaf o'r tri phlentyn yn cropian tuag atynt, gyda'r allweddi'n crafu ar hyd y Lanfa. Cafodd Sunny ei chwtsho'n dynn gan ei brawd a thorrodd taran swnllyd drwy'r nos ar yr un pryd.

Roedd Violet ar fin plygu i lawr i gofleidio Sunny pan welodd hi gyffro sydyn yn y cwt. Cafodd y creadur mawr afrosgo ei ddeffro gan y daran. Agorodd y llygaid. Caeodd y llaw yn ddwrn – gan sylweddoli'n syth bod yr allweddi wedi mynd. Edrychodd y creadur tua'r llawr gan weld olion dwylo gwlyb Sunny. Yna, cododd ei olygon at y ffenestr a syllu'n syth i lygaid Violet.

"Mae e wedi deffro! Mae hi wedi deffro!" gwaeddodd. "Brysia, Klaus! Agor y glwyd 'na, glou! Fe wna inne geisio tynnu sylw'r creadur."

Heb air ymhellach, cymerodd Klaus yr allweddi o geg Sunny a rhuthro at y glwyd. Tair allwedd oedd ar y fodrwy fawr – un denau, un dew, ac un ag iddi ddannedd miniog yr un ffunud yn union â'r sbeiciau ar ben y glwyd. Rhoddodd Klaus yr atlas ar y llawr, ac roedd wrthi'n rhoi'r allwedd denau yn y clo pan fustachodd y blob o'r cwt.

Gyda'i chalon yn curo fel gordd yn ei mynwes, safodd Violet o flaen y person newydd ddeffro gan wenu'n ffals. "Prynhawn da," meddai, heb wybod a ddylai hi ychwanegu "syr" neu "fadam". "Dwi wedi drysu braidd yn yr holl law 'ma. Allwch chi ddweud wrtha i o ble mae'r Fferi Chwit-chwat yn gadael?"

Ddywedodd ffrind Iarll Olaf 'run gair, ond symudodd yn afrosgo i gyfeiriad y plant. Roedd yr allwedd denau wedi mynd i mewn i dwll y clo, ond doedd hi ddim wedi troi i unrhyw gyfeiriad. Rhoddodd Klaus gynnig ar yr un dew.

"Rhaid ichi siarad yn uwch oherwydd y tywydd," parablodd Violet eto. "Chwilio am y Fferi Chwit-…"

Chafodd Violet ddim cyfle i ddweud "chwat", achos wrth iddi siarad, gafaelodd y creadur cawraidd yn ei gwallt a'i chodi oddi ar y llawr.

Gwrthod troi wnaeth yr allwedd dew hefyd, ac roedd Klaus ar fin rhoi'r allwedd ddanheddog yn nhwll y clo pan gipiwyd Sunny oddi ar y llawr gan yr anghenfil.

"*Klaus!*" sgrechiodd Violet. "*Klaus!*" Erbyn hyn,

roedd hi fel sach dros ysgwydd ddrewllyd y creadur, a Sunny wedi'i dal fel côn hufen iâ o flaen ei wyneb. Er i Violet gicio cefn y creadur yn gas, doedd hi'n achosi fawr o loes iddo. Roedd Sunny'n ceisio cnoi ei arddwrn hefyd, ond ychydig iawn o effaith a gâi hynny arno chwaith.

Dal i boeni am yr allweddi roedd Klaus. Doedd dim byd fel petai'n gweithio, ac ysgydwodd y glwyd yn rhwystredig. Aeth yn ôl at yr allwedd denau, ac er mawr syndod iddo, fe lwyddodd i'w throi y tro hwn. Agorodd y glwyd fawr fetel. Ychydig droedfeddi oddi wrtho roedd chwech o gychod hwylio wedi'u clymu i'r lanfa â rhaff fawr drwchus. Gallai unrhyw un ohonynt fod wedi mynd â nhw at Bopa Josephine. Ond roedd Klaus yn rhy hwyr.

Gafaelodd rhywbeth yn ei war a chafodd yntau ei godi i'r awyr fel sach. Gallai glywed rhywbeth gludiog yn diferu i lawr ei gefn a sylweddolodd er mawr arswyd iddo bod y creadur wedi defnyddio'i geg i gydio ynddo.

"Rho fi i lawr!" gwaeddodd Klaus. "Rho fi i lawr!"

"Rho fi i lawr!" gwaeddodd Violet. "Rho fi i lawr!"

"Goll! Goll!" gwichiodd Sunny.

Ond nid dymuniadau'r Baudelairiaid oedd yn bwysig i'r cawr. Trodd rownd yn drwsgl a dechrau bustachu'i ffordd yn ôl i gyfeiriad y cwt. Gallai'r plant glywed sŵn *glyp*, *glyp* ei hen draed mawr afrosgo'n soch-sochian eu ffordd trwy'r holl ddŵr oedd wedi cronni ar y Lanfa. Ond yn sydyn newidiodd y *soch* yn *slwtsh*. Roedd y creadur wedi camu ar atlas Bopa Josephine a cholli'i gydbwysedd yn llwyr pan lithrodd y llyfr o dan ei droed. Wrth geisio arbed ei hun, lledodd ei freichiau a disgynnodd Violet a Sunny o'i afael. Agorodd ei geg pan gafodd ei hun ar wastad ei gefn a lwyddodd Klaus hefyd i ddianc o'i afael.

Fel arfer, fe fydd plant – hyd yn oed rhai sydd ddim yn arbennig o ffit – yn fwy heini na chreaduriaid tew, afrosgo, sydd newydd gael eu deffro. Dyna pam fod y tri ar eu traed ymhell cyn i'r cawr geisio codi drachefn. Roedden nhw wedi rhuthro drwy'r glwyd at y cwch agosaf, ac roedd Sunny wedi cnoi ei ffordd drwy'r rhaff dew cyn iddo godi ar ei draed. Erbyn iddo gyrraedd y glwyd, roedd yr amddifaid ymhell o'i afael, ar ddyfroedd stormus

Llyn Dagrau. Roedd yr awyr uwchben yn dywyll wrth i Klaus rwbio ôl troed y creadur oddi ar glawr yr atlas a dechrau troi'r tudalennau. Trwy ddangos iddyn nhw ble'r oedd Ogof Ych-a-fi, roedd y llyfr hwn wedi eu harbed unwaith yn barod. Nawr, roedd e newydd wneud hynny am yr eildro.

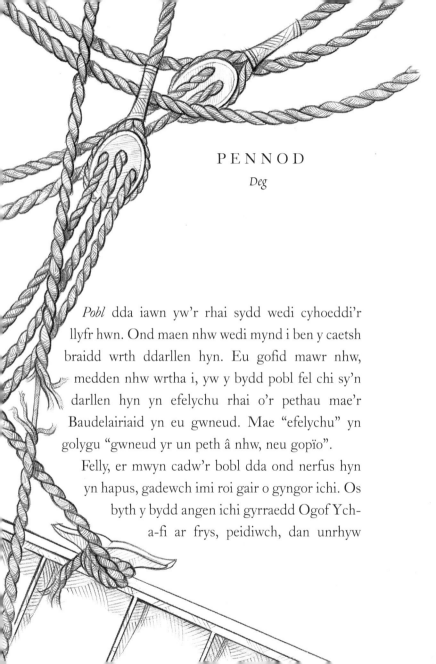

PENNOD

Deg

Pobl dda iawn yw'r rhai sydd wedi cyhoeddi'r llyfr hwn. Ond maen nhw wedi mynd i ben y caetsh braidd wrth ddarllen hyn. Eu gofid mawr nhw, medden nhw wrtha i, yw y bydd pobl fel chi sy'n darllen hyn yn efelychu rhai o'r pethau mae'r Baudelairiaid yn eu gwneud. Mae "efelychu" yn golygu "gwneud yr un peth â nhw, neu gopïo".

Felly, er mwyn cadw'r bobl dda ond nerfus hyn yn hapus, gadewch imi roi gair o gyngor ichi. Os byth y bydd angen ichi gyrraedd Ogof Ych-a-fi ar frys, peidiwch, dan unrhyw amgylchiadau, â dwyn cwch hwylio a cheisio croesi Llyn Dagrau ynghanol corwynt. Byddai'n beth hurt bost a hynod, hynod beryglus i'w wneud. Tenau iawn yw'r siawns y byddai neb yn eich gweld yn fyw byth eto ar ôl gwneud y fath beth twp. Mae hyn yn arbennig o wir os, fel y Baudelairiaid, nad oes gennych unrhyw brofiad o hwylio cwch.

Diflannu'n smotyn bach dibwys ar y lanfa wnaeth cyfaill mawr Iarll Olaf wrth i'r gwyntoedd cryf gario'r cwch hwylio'n nes ac yn nes at ganol y llyn. Gyda Chorwynt Herman ar ei waethaf, edrychodd Violet, Klaus a Sunny o'u cwmpas i weld yn iawn beth roedden nhw newydd ei ddwyn. Doedd yno fawr o le, ond roedd 'na seddau pren a phum siaced achub bywyd lliw oren. Stryffaglodd y tri i wisgo siaced achub yr un. Ar ben y mast – sef y polyn pren, tal sydd wastad mewn cwch hwylio – roedd hwyl wen lychlyd a nifer o raffau'n hongian ohoni er mwyn ei rheoli. Roedd pâr o rwyfau ar lawr y cwch hefyd, rhag ofn na fyddai digon o wynt. Yng nghefn y cwch roedd dolen bren er mwyn ei lywio'r ffordd hyn a'r ffordd acw, ac roedd bwced o dan un sedd, i gael gwared ag unrhyw ddŵr a ddeuai i mewn petai'r cwch yn gollwng.

Roedd yno sbienddrych rhydlyd, polyn hir a rhwyd bysgota yn un pen ohono, a gwialen bysgota fechan go iawn hefyd ac arni fachyn miniog.

"Fe ddarllenais i lyfr am gychod hwylio unwaith," gwaeddodd Klaus, er mwyn i'r ddwy ferch ei glywed dros sŵn y corwynt. "Rhaid inni ddefnyddio'r hwyl i ddal grym y gwynt."

"Fe astudiais inne gynlluniau morwrol unwaith hefyd," gwaeddodd Violet. "Defnyddiol iawn er mwyn dyfeisio pethe. Ac rwy'n gwybod bod y llyw ei hun o dan y cwch, gyda'r ddolen bren 'ma'n ei reoli. Sunny, eistedda di yn y cefn i weithio'r ddolen, ac fe gei di, Klaus, gadw'r atlas ar agor er mwyn inni gael gweld lle 'dan ni'n mynd. Fe wna inne geisio tynnu'r rhaffau 'ma i weithio'r hwyl."

Trodd Klaus y tudalennau llaith. "Ffordd acw!" gwaeddodd ar ôl cyrraedd tudalen 104. "Mae'r haul yn machlud draw fan'na, felly rhaid mai dyna'r gorllewin."

Gwnaeth Sunny ei ffordd i gefn y cwch, a'r eiliad y

gafaelodd hi'n dynn yn y ddolen lywio cafodd ei gorchuddio gan ewyn wrth i don fawr hyrddio trosti. "Cart tem!" gwaeddodd, oedd yn golygu, "Rhaid imi ofalu gwthio'r darn pren 'ma i'r cyfeiriad cywir bob tro."

Chwipiai'r gwynt a'r glaw yn ddi-baid o gwmpas y tri, ond er mawr syndod i'r amddifaid roedd y cwch yn hwylio i'r cyfeiriad roedden nhw am iddo fynd. Petaech chi wedi dod ar draws y tri yn ystod y munudau hynny, mi fyddech wedi tyngu nad oedd dim byd ond llawenydd a llwyddiant yn llenwi eu bywydau. Mae'n wir eu bod nhw wedi blino'n gorn – sy'n golygu eu bod nhw wedi blino andros o lot. Roedden nhw hefyd yn wlyb at eu crwyn ac mewn perygl einioes. Ond ynghanol y cyfan, dyma nhw'n dechrau chwerthin. Chwerthin mewn gorfoledd oedden nhw. Gorfoledd am fod rhywbeth wedi mynd yn iawn am unwaith. Petaech chi wedi eu gweld, mi fyddech wedi tyngu eu bod nhw mewn syrcas yn rhywle yn mwynhau eu hunain mas draw – nid ar ganol llyn, ar ganol corwynt, ar ganol dianc am eu bywydau.

Yn araf, wrth i'r prynhawn fynd yn ei flaen, dechreuodd y storm dawelu. Roedd tonnau'n dal i sblasio dros y cwch, wrth gwrs. Ac ambell waith byddai'r awyr yn dal i glecian a fflachio gyda'r mellt a'r taranau, ond roedd taith y Baudelairiaid dros y llyn anferth yn dal i fynd â nhw i'r cyfeiriad iawn. Tynnai Violet y rhaffau y ffordd yma a'r ffordd arall, er mwyn dal y gwynt oedd yn newid cyfeiriad drwy'r amser, fel y bydd gwynt. Cadwai Klaus lygad gofalus ar yr atlas, i wneud yn siŵr na fydden nhw'n llithro i gyfeiriad y Trobwll Trwblus neu'r Creigiau Marwol. Symudai Sunny'r ddolen lywio yn ôl y galw. Ac yna, wrth iddi ddechrau troi'n rhy dywyll i Klaus allu darllen yr atlas, gwelodd y tri oleuni porffor gwan yn y pellter, yn fflachio tuag atynt bob ychydig eiliadau. Nid porffor oedd hoff liw yr un o'r tri ond am unwaith, roedd pawb yn falch o'i weld. Roedd y Goleudy Lafant yn ymyl – ac roedd hynny'n golygu nad oedd Ogof Ych-a-fi ymhell chwaith.

Pan dawelodd y storm o'r diwedd, eisteddodd y plant ar y seddau pren gan edrych ar y dŵr distaw o'u cwmpas.

"Wnes i erioed sylwi o'r blaen mor hardd yw Llyn Dagrau," meddai Klaus yn feddylgar.

"Oherwydd Bopa Josephine, siŵr o fod," awgrymodd Violet. "'Dan ni wedi bod yn gweld y llyn trwy ei llygaid hi." Cydiodd yn y sbienddrych ac edrych trwyddo. Roedd y tir yn agosáu. "Dacw'r goleudy draw fan'cw. Mae twll mawr du yn y clogwyn ar y dde iddo. Rhaid mai dyna geg yr ogof."

Daeth y Goleudy Lafant yn nes ac yn nes, ond bob tro y bydden nhw'n codi'r sbienddrych i geisio edrych i berfeddion Ogof Ych-a-fi, doedd dim golwg o Bopa Josephine. Yn wir, doedd 'na ddim golwg o ddim. Pan ddechreuodd creigiau grafu gwaelod y cwch, roedd hi'n amlwg eu bod nhw mewn dyfroedd bas ac yn ddigon agos i'r lan i Violet allu neidio dros yr ochr i lywio'r cwch tua'r creigiau yn ymyl Ogof Ych-a-fi. Camodd Klaus a Sunny o'r cwch gan ddiosg eu siacedi achub. Yna safodd y tri wrth geg yr ogof, gan oedi'n nerfus.

Roedd yna arwydd 'Ar Werth' ar yr ogof, ond allen nhw ddim dychmygu pwy fyddai eisiau prynu lle mor ffantasmagoraidd. Gair gwneud yw "ffantasmago-

raidd" i ddisgrifio'r lle mwyaf "brawychus, anghynnes, digroeso, ych-a-fi y gallwch feddwl amdano". O amgylch ceg yr ogof roedd y creigiau wedi ffurfio safn ddanheddog, gyda phob dant yn finiog, fel dannedd siarc. Ond nid yr olygfa ryfeddol ac ofnadwy hon a gododd yr ofn mwyaf ar y tri. Gwaeth o lawer na'r creigiau ych-a-fi oedd y sŵn sgrialog, cwynfanllyd oedd i'w glywed yn dod allan o'r ogof.

"Beth yw'r sŵn 'na?" holodd Violet yn nerfus.

"Jest y gwynt, siŵr o fod," atebodd Klaus. "Dim byd inni boeni amdano."

Am ryw reswm, doedd geiriau Klaus ddim wedi argyhoeddi'r un ohonyn nhw.

"Mae arna i ei ofn e, 'ta beth," meddai Violet.

"Finne hefyd," cyfaddefodd Klaus.

"Gaff!" meddai Sunny, gan dechrau cropian i mewn i geg yr ogof. Yr hyn roedd hi am ei ddweud siŵr o fod oedd rhywbeth fel, "Wel, dwi ddim wedi croesi Llyn Dagrau mewn cwch hwylio gyda Chorwynt Herman ar ei waethaf jest i sefyll wrth geg yr ogof yn edrych i mewn". Ac roedd y ddau arall yn cytuno â hi. Wrth iddyn nhw gerdded i mewn yn araf fe gododd y sŵn yn uwch ac yn uwch, fel petai'r sgrialu'n atseinio oddi ar furiau'r ogof. Ond nid y gwynt oedd yn cwyno mor drist, ond Bopa Josephine. Dyna lle'r oedd hi'n eistedd mewn cornel a'i phen yn ei dwylo. Bu'n llefain mor dorcalonnus, doedd hi ddim hyd yn oed wedi sylwi ar y Baudelairiaid yn dod tuag ati.

"Ni sydd 'ma, Bopa Josephine," meddai Klaus yn dawel.

Cododd Bopa Josephine ei phen. Gallai'r plant weld ôl y dagrau ar ei bochau.

"Fe lwyddoch chi i ddatrys y cliwiau," meddai hithau, gan sychu'i llygaid a chodi ar ei thraed. "Ro'n i'n gwybod y byddech chi." Cofleidiodd bob un o'r tri yn ei breichiau fesul un. Yna edrychodd ar Violet, Klaus a Sunny, ac edrychodd y tri ohonyn nhw'n ôl arni hi a'r dagrau'n cronni yn eu llygaid hwythau. Doedden nhw ddim wedi gallu credu gant y gant mai esgus bod yn farw oedd hi tan iddyn nhw ei gweld hi yno'n fyw ac yn iach.

"Ro'n i'n gwybod eich bod chi'n blant clyfar,"

meddai Bopa Josephine. "Ro'n i'n gwybod y byddech chi'n deall fy neges."

"I Klaus mae'r diolch, go iawn," meddai Violet.

"Ond Violet oedd yn gwybod sut i hwylio'r cwch," meddai Klaus. "Hebddi hi fydden ni ddim yma nawr."

"A Sunny lwyddodd i ddwyn yr allweddi," ychwanegodd Violet.

"Diolch byth eich bod chi yma," meddai Bopa Josephine. "Gadewch imi gael fy ngwynt ataf, ac fe wna i eich helpu i ddod â phopeth i mewn."

"Dod â phopeth i mewn?" gofynnodd Violet, gan edrych yn syn ar ei brawd a'i chwaer.

"Y cesys," atebodd Bopa Josephine. "A'r bwyd, wrth gwrs. Fe ddaethoch chi jest mewn pryd. Ychydig iawn sydd gen i ar ôl."

"Does dim bwyd 'da ni," meddai Klaus.

"Dim bwyd?" meddai Bopa Josephine. "Sut yn y byd mawr allwch chi fyw yma gyda fi heb fwyd?"

"'Dy'n ni ddim wedi dod yma i fyw 'da chi," mynnodd Violet.

Aeth dwylo Bopa Josephine yn syth at y belen o

wallt ar dop ei phen. "Felly pam ddaethoch chi?"

"Stim!" atebodd Sunny gyda'i gwich arferol. Yr ystyr oedd, "Am ein bod ni'n gofidio amdanoch chi!"

"Dyw 'Stim!' yn golygu dim, Sunny," dywedodd Bopa Josephine yn flin. "Nawr, efallai y gall un ohonoch chi blant hŷn egluro mewn brawddeg go iawn."

"'Dan ni yma am fod Capten Sham bron â'n dal ni yn ei grafangau!" gwaeddodd Violet arni. "Mae pawb yn meddwl eich bod chi wedi lladd eich hun, a bod eich ewyllys olaf yn ein trosglwyddo ni'n tri i'w ofal."

"Fe orfododd e fi," eglurodd Bopa Josephine. "Pan ffoniodd e neithiwr, fe ddywedodd wrtha' i mai fe oedd Iarll Olaf a bod yn rhaid imi ysgrifennu nodyn yn eich gadael chi yn ei ofal. Os nad o'n i'n fodlon ysgrifennu'r hyn ddywedodd e, roedd e'n mynd i 'moddi i. Roedd arna i gymaint o ofn!"

"Pam na fasech chi wedi ffonio'r heddlu?" holodd Violet. "Neu Mr Poe?"

"'Dach chi'n gwybod yn iawn fod arna i ofn defnyddio'r ffôn," atebodd Bopa Josephine yn ddig. "Newydd ddysgu sut i ateb y teclyn ydw i. Mae'n llawer rhy glou imi ddefnyddio'r holl fotymau 'na gyda rhifau arnyn nhw. A ta beth, doedd dim angen imi ffonio neb. Fe daflais gadair drwy'r ffenestr a dianc o'r tŷ. Ro'n i wedi gadael y nodyn 'na ar eich cyfer chi cyn mynd, wrth gwrs."

"Ond pam na chawson ni fynd gyda chi? Pam wnaethoch chi'n gadael ni ar bennau'n hunain? Pam wnaethoch chi mo'n hamddiffyn ni rhag Capten Sham?" gofynnodd Klaus.

"Dyw 'gadael ni ar bennau'n hunain' yn bendant ddim yn gywir, Klaus," oedd ei hateb i'r holl gwestiynau. "'Pam wnaethoch chi ein gadael ni ar ein pennau ein hunain?' yw'r ffordd gywir o ofyn. Mi wn i fod pobl weithiau'n dweud 'ar bennau'n hunain', ond wir i chi, ar ddiwedd y dydd, 'dyw e jest ddim yn gywir."

Edrych ar ei gilydd yn drist a chrac wnaeth y Baudelairiaid. Roedden nhw'n deall y sefyllfa. Roedden nhw'n deall bod Bopa Josephine yn poeni mwy am ramadeg nag am achub eu bywydau nhw. Roedden nhw'n deall bod yr holl ofnau oedd ganddi am bethau bob dydd, fel ffôn a ffwrn, yn fwy pwysig iddi na gofidio am beth oedd yn mynd i ddigwydd iddyn nhw. Roedden nhw'n deall un mor sâl am warchod plant oedd Bopa Josephine. Roedden nhw'n deall i'r dim, ac yn gresynu unwaith eto i'w rhieni gael eu lladd mor greulon yn y tân. Fydden nhw byth wedi mynd a'u gadael nhw fel'na ar eu pennau eu hunain … na hyd yn oed 'ar bennau'u hunain'.

"Dim mwy o ramadeg am heddiw," aeth Bopa Josephine yn ei blaen. "Rwy'n falch o'ch gweld a dwi ddim yn meddwl y daw Capten Sham byth o hyd i ni yma."

"Ond dy'n ni *ddim* yn bwriadu aros yma," meddai Klaus. "Rhaid inni hwylio'n ôl i'r dref, a rhaid i chi ddod gyda ni."

"Dim ffiars o beryg!" mynnodd Bopa Josephine. A bod yn fanwl gywir, dyw'r ymadrodd ddim yn ffordd gywir iawn o siarad, ond mae'n debyg bod straen popeth oedd wedi digwydd iddi wedi gwneud iddi golli'i gafael dros dro ar gywirdeb iaith. "Mae arna i ofn dod wyneb yn wyneb â Chapten Sham, ac ar ôl popeth mae e wedi'i wneud i chi, mi faswn i'n meddwl bod arnoch chithe ei ofn hefyd."

"Wrth gwrs fod arnon ni ei ofn," meddai Klaus, "ond os allwn ni brofi mai Iarll Olaf yw e go iawn, fe aiff e i'r carchar. A chi yw'r unig un all brofi pwy yw e. Dim ond dweud wrth Mr Poe sydd raid, ac fe gaiff Iarll Olaf ei roi dan glo."

"Dywedwch *chi* wrtho, 'na blant da," meddai Bopa Josephine. "Dwi'n bwriadu aros yma."

"Fydd Mr Poe ddim yn ein credu ni," meddai Violet. "Rhaid i chi ddod gyda ni i brofi eich bod chi'n fyw."

"Fiw imi," mynnodd Bopa Josephine. "Mae arna i ormod o ofn."

Tynnodd Violet anadl ddofn cyn ateb ei gwarchodwr. "Mae arnon ni i gyd ofn," dywedodd yn gadarn. "Fe gawson ni lond bol o ofn wrth weld Capten Sham yn y siop. Roedden ni'n llawn gofid pan oedden ni'n meddwl eich bod chi wedi neidio drwy'r ffenestr. Roedd bwyta losin mintys, a ninne'n gwybod fod ganddon ni alergedd iddyn nhw yn codi braw dychrynllyd arnon ni. Doedden ni ddim yn hoffi dwyn cwch hwylio, ac roedd meddwl am groesi'r llyn 'ma ar ganol corwynt yn arswyd pur. Ond pan mae'n fater o raid, mae'n fater o raid."

Llenwodd llygaid Bopa Josephine â dagrau. "Nid fi sydd ar fai eich bod chi'n ddewrach na fi," meddai. "Dwi ddim yn mynd i groesi'r llyn. Dwi ddim yn mynd i wneud galwadau ffôn i neb. Dwi'n bwriadu aros yma am byth."

Oedodd Klaus cyn siarad nesaf, fel petai ganddo un tric olaf i fyny'i lawes. "Mae Ogof Ych-a-fi ar werth," meddai.

"Beth am hynny?" gofynnodd Bopa Josephine yn swta.

"Mae hynny'n golygu y bydd y lle 'ma'n ferw o bobl cyn pen dim," meddai Klaus. "Pobl sy'n gwneud eu bywoliaeth yn gwerthu tai a mathau eraill o eiddo – fel ogofâu, er enghraifft."

Roedd Bopa Josephine yn gegrwth – sy'n golygu bod ei cheg wedi disgyn ar agor mewn sioc. Gallai'r plant ei gweld yn llyncu poer.

"O'r gore!" ildiodd o'r diwedd. "Fe ddo' i gyda chi."

PENNOD
Unarddeg

"*Gwarchod* pawb!" meddai Bopa Josephine.

Thalodd y plant ddim sylw iddi. Gyda Chorwynt Herman yn prysur gilio, gallai'r Baudelairiaid hwylio dros ddyfroedd tywyll Llyn Dagrau yn gymharol rwydd. Fe symudai'r hwyliau'n ddidrafferth i Violet gan fod y gwynt bellach wedi gostegu. Wrth edrych ar oleuni porffor y goleudy'n ymbellhau, mater hawdd i Klaus oedd tywys y cwch i gyfeiriad Glanfa Damocles. Ac roedd Sunny'n trin y llyw fel petai hi'n hen law ar y gwaith. Bopa Josephine oedd yr unig un bryderus. Gwisgai ddwy siaced achub yn lle un, a bob hyn a hyn byddai'n ebychu,

"Gwarchod pawb!", er nad oedd dim byd drwg i'w weld yn unman.

"O, na!" meddai wedyn.

"Oes rhywbeth yn bod?" holodd Violet yn flin. Gyda'r cwch tua hanner ffordd ar draws y llyn, a'r fordaith yn gymharol esmwyth, doedd hi ddim yn deall gofid parhaus Bopa Josephine.

"O fan hyn ymlaen 'dan ni'n mynd ar draws y dyfroedd lle mae Gelenod Llyn Dagrau yn rhemp," atebodd.

"Rwy'n siŵr yr awn ni dros y rhan yma o'r llyn yn ddidrafferth," sicrhaodd Klaus hi, gan edrych drwy'r sbienddrych i weld pa mor bell oedd Glanfa Damocles. "Chi eich hun ddywedodd mai ar bysgod bach maen nhw'n byw fel arfer, yntefe? Maen nhw'n gwbl ddiniwed i bobl."

"Ydyn," atebodd Bopa Josephine. "oni bai eich bod chi newydd gael rhywbeth i'w fwyta."

"Mae oriau maith ers inni fwyta," meddai Violet yn hyderus. "Yr hen losin mintys 'na oedd y pethe olaf i ni. Ganol y prynhawn oedd hynny, yn y Clown Pryderus. Erbyn hyn, mae hi bron yn ganol nos."

Edrychodd Bopa Josephine dros ochr y cwch ac yna symudodd yn nes i'r canol. "Ond fe wnes i fwyta banana gynnau fach," meddai.

"O, na!" ebychodd Violet. Tynnodd Sunny ei llaw oddi ar ddolen y llyw am eiliad.

"Dwi'n siŵr nad oes lle i ofidio," dywedodd Klaus. "Creaduriaid bychan iawn yw gelenod. Petaech chi yn y dŵr, mae'n bosibl y bydde 'da chi le i boeni, ond go brin y byddan nhw'n ymosod ar gwch hwylio. Ac ar ben hynny, mae Corwynt Herman wedi corddi'r dŵr yn ofnadwy. Synnwn i fawr nad yw'r gelenod wedi cael eu hyrddio i ryw ran arall o'r llyn am y tro. Fe all gymryd diwrnod neu ddau iddyn nhw ddod yn ôl i'w lle arferol. Dwi'n amau a welwn ni elenod, hyd yn oed."

Pan orffennodd Klaus ei frawddeg, roedd yn meddwl nad oedd ganddo ragor i'w ddweud, ond o fewn eiliad neu ddwy yn unig, daeth ebychiad bach arall o'i ben. "Wps!"

Ymadrodd cyfleus dros ben yw "Wps!" Rwy'n siŵr eich bod chi'n ei ddefnyddio'n aml, fel finnau, pan fydd rhywbeth annisgwyl yn digwydd. Neu pan fydd pobl eraill yn darganfod eich bod chi wedi gwneud rhywbeth o'i le. Neu pan fyddwch chi'n cofio'n sydyn eich bod chi i fod yn rhywle hanner awr yn ôl. Mae "Wps!" yn gwneud y tro i'r dim ar adegau felly. Ac roedd Klaus yn llygad ei le wrth ddweud "Wps!" yn awr hefyd. Fe fyddwch chi eisoes wedi dyfalu pam.

Wrth iddo edrych dros y dŵr, fe sylweddolodd yn sydyn ei fod yn gallu gweld rhyw ddarnau bach disglair o fywyd yn sleifio ynghanol y düwch. Symudiadau sydyn yn unig oedd i'w gweld yng ngolau'r lleuad, fel petai croen drwm yn cael ei daro gan fysedd rhywun dan wyneb y croen. Deg bys sydd gan berson, wrth gwrs, ond roedd olion cannoedd o fysedd i'w gweld yn taro wyneb y dŵr. Cannoedd ar gannoedd ohonynt. Roedden nhw wedi amgylchynu'r cwch ac yn cadw sŵn fel sisial wrth nofio'n chwim i bob cyfeiriad. Teimlai'r Baudelairiaid eu bod nhw ynghanol torf anweledig, gyda phawb yn murmur cyfrinachau sinistr o'u cwmpas.

Dechreuodd y gelenod daro yn erbyn y pren a'i gnoi â'u safnau danheddog. Creaduriaid dall yw gelenod. Dall, ond nid dwl. Fe wyddai Gelenod Llachrymos yn iawn nad oedden nhw'n bwyta banana.

Ar ôl dweud, "Wps!" i ddechrau, fe ychwanegodd Klaus, "Chi'n gweld? Ry'n ni'n gwbl saff."

"Ydyn," cytunodd Violet, er nad oedd hi'n siŵr a oedden nhw'n berffaith saff ai peidio. Gwyddai mai dyna'r peth gorau i'w ddweud wrth Bopa Josephine. "'Dan ni'n gwbl ddiogel."

Aeth sŵn y gelenod – y sibrwd a'r cnoi – yn ei flaen a dechreuodd y cyfan swnio'n uwch ac yn fwy garw. Cyflwr diddorol iawn yw rhwystredigaeth. Pan fydd pobl yn rhwystredig, mae'n tueddu i wneud iddyn nhw arddangos eu hochr waethaf. Bydd babanod rhwystredig yn sgrechian dros y lle ac yn taflu bwyd o gwmpas. Bydd dinasyddion rhwystredig yn torri pennau eu brenhinoedd a'u breninesau i ffwrdd. A bydd gwyfynod rhwystredig yn tueddu i daro yn erbyn bylbiau trydan a chadw reiat felly. Yn wahanol i fabanod, dinasyddion a gwyfynod, dyw gelenod ddim yn greaduriaid dymunol iawn ar y gorau. Roedd pawb ar y cwch hwylio'n gwybod hyn ac yn dechrau poeni. Pan fyddai gelenod yn rhwystredig, roedden nhw'n siŵr o fod yn waeth nag arfer. Er nad oedd eu dannedd yn ddigon mawr i wneud niwed sydyn i bren y cwch, roedd rhywbeth hynod arswydus am y sŵn. Ac yna, heb rybudd, aeth y cyfan yn dawel a gwyliodd y Baudelairiaid y fintai faleisus yn nofio i ffwrdd.

"Maen nhw'n mynd," meddai Klaus yn obeithiol. Ond nid mynd oedden nhw o gwbl. Ar ôl nofio peth pellter i ffwrdd, fe ailgynullodd y gelenod, gan ruthro'n ôl at y cwch fel byddin fawr yn ymosod. *Crash*! aeth y cwch wrth i'r fintai daro'r pren bron i gyd ar yr un pryd. Ysgydwodd y cwch gymaint nes y bu bron i'r Baudelairiaid a Bopa Josephine gael eu hyrddio oddi ar ei fwrdd. Cael a chael fu hi iddyn nhw sadio'u hunain mewn pryd. Fe fyddwch chi'n gwybod, rwy'n siŵr, nad oes gan 'sadio' yma ddim byd i'w wneud â bod yn drist. Mae'n golygu iddyn nhw 'gadw rheolaeth arnynt eu hunain a pheidio â disgyn ar lawr y cwch, neu gwaeth byth, fynd dros yr ochr'.

"Iabŵ!" gwaeddodd Sunny. Tra bod y lleill yn

edrych dros y dŵr ar y gelenod yn ailymgynnull, roedd hi wedi gweld y crac roedd y gelenod wedi'i wneud yn y cwch ar eu hymosodiad cyntaf. Bu bron i Bopa Josephine dynnu ei sylw at y ffaith nad oedd "Iabŵ!" yn air go iawn, ond gan ei bod hithau hefyd wedi deall beth oedd ei ystyr, penderfynodd gadw'n dawel.

Tua hyd pensil oedd y crac, ac mor llydan â blewyn. Roedd yn troi at i lawr, gan wneud i'r cwch edrych fel petai'n gwgu arnyn nhw i gyd. Petai'r gelenod yn dal i hyrddio tua'r cwch fel yna, byddai'r wg yn siŵr o ledu.

"Rhaid inni hwylio'n fwy cyflym," meddai Klaus, "neu fe fydd y cwch 'ma'n deilchion cyn pen dim."

"Mae hwylio'n dibynnu ar y gwynt," meddai Violet. "Allwn ni ddim gwneud i'r gwynt chwythu'n gryfach."

"Mae arna i shwt ofn!" llefodd Bopa Josephine. "Wnewch chi mo 'nhaflu i i'r dŵr, wnewch chi?"

"Does neb yn mynd i'ch taflu chi i'r dŵr," meddai Violet yn ddiamynedd, ond mae'n flin gennyf ddweud wrthych nad oedd Violet yn iawn ynglŷn â hynny. "Cymerwch un o'r rhwyfau, Bopa Josephine. Klaus, cymera di'r llall. Trwy ddefnyddio'r llyw, yr hwyl *a'r* rhwyfau, mae'n bosibl y gallwn ni symud yn gyflymach."

Crash! Trawodd y Gelenod Llyn Dagrau ochr y cwch, gan wneud yr hollt yn ei ochr yn fwy llydan byth ac ysgwyd y cwch drachefn. Cafodd un o'r gelenod ei thaflu dros ochr y cwch ac dawnsiai'r ffordd hyn a'r ffordd acw ar lawr y cwch gan gnoi ei ddannedd yn ffyrnig wrth chwilio am fwyd. Cerddodd Klaus draw ati'n ofalus, gan dynnu wyneb. Ceisiodd roi cic iddi'n ôl i'r dŵr ond glynodd wrth ei esgid a dechrau cnewian ei ffordd drwy'r lledr. Gyda gwaedd o wrthwynebiad, ysgydwodd Klaus ei goes a syrthiodd yr elen i lawr y cwch drachefn, gan ymestyn ei gwddf pitw bach ac agor a chau'i cheg. Cydiodd Violet yn y polyn hir oedd â rhwyd ar ei ben, cododd yr elen ynddo a'i thaflu'n ôl dros ochr y cwch.

Crash! Agorodd yr hollt ddigon i adael dŵr i ddiferu trwyddo, gan greu pwll bychan ar lawr y cwch hwylio. "Sunny," dywedodd Violet, "cadw lygad ar y pwll 'na. Pan fydd e'n fwy o faint, defnyddia'r bwced i'w luchio'n ôl i'r llyn."

"Sgwrs!" gwichiodd Sunny, oedd yn golygu "Fe wnai, siŵr." Yna fe allen nhw glywed y sŵn sibrwd wrth i'r gelenod nofio ymaith er mwyn hyrddio'u hunain ar y cwch unwaith eto. Dechreuodd Klaus a Bopa Josephine rwyfo mor gyflym ag y gallen nhw, tra bo Violet yn addasu'r hwyl a chadw'r rhwyd yn ei llaw yr un pryd, rhag ofn y deuai mwy o elenod ar fwrdd y cwch.

Crash! Crash! Daeth dau ymosodiad gyda'i gilydd y tro hwn. Un ar ochr y cwch fel o'r blaen, a'r llall ar ei waelod. Roedd y gelenod wedi rhannu'n ddau dîm, sy'n newyddion da os ydych chi ar fin chwarae pêl-droed ond yn newyddion drwg iawn os ydych chi dan ymosodiad. Bloeddiodd Bopa Josephine mewn arswyd. Roedd dŵr yn dod i mewn i'r cwch mewn dau le erbyn hyn, a gollyngodd Sunny'r llyw er mwyn defnyddio'r bwced i'w waredu.

"Dyw rhwyfo ddim yn mynd i weithio," meddai Klaus. Ychydig iawn o rwyfo oedd e wedi'i wneud, ond wrth ddal y rhwyf fry, gallai pawb weld olion dannedd y gelenod arni. Roedd Gelenod Llyn

Dagrau yn bwyta'r rhwyfau.

"Ti'n iawn," cytunodd Violet gan edrych ar Sunny'n codi cymaint o ddŵr ag y medrai o lawr y cwch yn y bwced. "'Dan ni'n suddo'n ara' bach. Rhaid inni gael help."

Edrychodd Klaus o'i amgylch ar y dŵr tywyll, llonydd, oedd yn gwbl wag heblaw am y cwch rhwyfo a'r gelenod. "O ble gawn ni help ar ganol llyn?" gofynnodd mewn anobaith.

"Rhaid inni ddanfon signal am help," meddai Violet. Tynnodd ruban o'i phoced a'i glymu am ei gwallt i'w gadw o'i llygaid. Yna pasiodd y rhwyd bysgota i Klaus. Gwyddai Klaus a Sunny mai dim ond pan oedd hi'n meddwl am ddyfais newydd y byddai hi'n gwisgo ruban, ac roedd arnyn nhw angen dyfais ar frys. Fe wydden nhw hynny hefyd.

"Syniad da," meddai Bopa Josephine, oedd wedi camddeall beth oedd Violet yn ei wneud. "Tynnwch y ruban 'na i lawr dros eich llygaid. Mi fydda i wastad yn cau fy llygaid yn dynn pan fydd ofn arna i."

"Nid ceisio cau ei llygaid mae hi," cywirodd Klaus hi'n grac. "Mae hi'n ceisio canolbwyntio."

Roedd Klaus yn iawn. Canolbwyntiodd Violet mor galed â phosibl. Meddyliodd am larymau tân. Gyda larwm tân, mae 'na olau'n fflachio a seiren yn canu'n uchel. Dau beth sy'n tynnu sylw. Mae'n wir bod y Baudelairiaid, o bawb, yn sylweddoli nad oedd larwm tân yn gallu galw'r Frigâd Dân allan yn ddigon cyflym i achub bywydau pobl bob amser, ond roedden nhw'n gwybod, serch hynny, bod larymau tân yn dal i fod yn ddyfais dda. Ceisiodd Violet ganolbwyntio ar sut i greu un gan ddefnyddio'r defnyddiau oedd ganddi wrth law. Roedd angen iddi greu sŵn uchel, ac roedd angen iddi greu golau llachar. Byddai'r sŵn yn dweud wrth bobl bod rhywbeth o'i le. Byddai'r golau'n gadael iddyn nhw wybod ble'r oedden nhw.

Crash! Crash! Roedd y ddau dîm o elenod wedi bwrw'r cwch drachefn. *Sblash!* Tasgodd rhagor o ddŵr i mewn. Aeth Sunny ati'n fwy brwd nag erioed i lenwi'r bwced ond, y tro hwn, cymerodd Violet y bwced oddi arni.

"Bero?" gwichiodd Sunny ei phrotest.

"Na, dwi ddim off 'y mhen," atebodd Violet, fel petai hi wedi deall beth oedd ei chwaer fach yn ei ddweud. Gan ddal y bwced mewn un llaw, dechreuodd ddringo'r mast. Nawr, mae hon yn dasg anodd a pheryglus ar y gorau, ond mae hi deirgwaith yn fwy peryglus pan fo haid o elenod llwglyd yn ysgwyd y cwch o'r naill ochr i'r llall drwy'r amser. Felly, dyma rybudd arall ichi – peidiwch byth â cheisio gwneud beth wnaeth Violet Baudelaire. Y gwir amdani yw ei bod hi'n *wunderkind*, gair Almaeneg sydd yma'n golygu "tipyn o ryfeddod, a giamstar ar ddringo mastiau pan fo gelenod yn ymosod".

O fewn dim, roedd Violet wedi cyrraedd pen y mast, oedd yn siglo'n ôl a 'mlaen. Dododd y bwced i hongian gerfydd ei ddolen ar ben uchaf y mast, a siglodd hwnnw'n ôl a 'mlaen hefyd, fel cloch mewn twr.

"Mae'n flin gen i dynnu sylw at y ffaith ein bod ni'n suddo'n gyflym," cyhoeddodd Klaus, oedd newydd godi gelen grac iawn o'r dŵr yn ei rwyd, a'i daflu mor bell i ffwrdd ag y gallai.

Cydiodd Violet yng nghornel yr hwyl, a chan dynnu anadl ddofn hyrddiodd ei hun oddi ar y mast, gan neidio ar lawr y cwch. Roedd yr hwyl wedi rhwygo, yn union fel roedd hi wedi'i obeithio. Arafodd yr hwyl ei chodwm, a phan laniodd ar lawr y cwch roedd hi mewn un darn ac roedd stribed o'r hwyl ganddi yn ei llaw. Sblasiodd ei ffordd drwy'r dŵr, draw at Bopa Josephine, gan osgoi'r holl elenod cas roedd Klaus yn eu taflu allan o'r cwch cyn gynted ag y gallai.

"Rhowch eich rhwyf i mi," dywedodd wrthi. "A'r rhwyd sy'n dal y belen gwallt 'na ar eich pen."

"Fe gewch chi'r rhwyf," atebodd Bopa Josephine, "ond dwi angen y rhwyd ar 'y mhen i gadw 'ngwallt yn deidi."

"Jest rhowch y rhwyd 'na iddi, da chi!" gwaeddodd Klaus, gan neidio o'r ffordd wrth i elen geisio cnoi ei ben-glin.

"Dwi ddim yn hoffi cael gwallt dros fy wyneb," cwynodd Bopa Josephine. "Mae e'n codi braw arna i."

"'Sgen i ddim amser i ddadlau am y peth," gwaeddodd Violet. "Dwi'n ceisio achub bywyde ni i gyd."

"Twt! Twt! 'Ceisio achub *ein bywydau* ni i gyd', sy'n gywir," mynnodd Bopa Josephine. Ond roedd Violet wedi clywed mwy na digon. Tasgodd ei ffordd drwy'r dŵr oedd yn sblasio o gwmpas ei phigyrnau, a chipiodd y rhwyd gwallt oddi ar ben Bopa Josephine. Stwffiodd y stribed o hwyl yn belen i mewn i'r rhwyd. Yna, gafaelodd yn y polyn pysgota a chysylltu'r belen hon i'r bachyn pysgota. Edrychai Violet fel petai hi ar fin mynd i bysgota am bysgod oedd yn dwlu ar gychod a rhwydi gwallt hen wragedd.

Crash! Crash! Bu bron i'r cwch droi wyneb i waered sawl tro wrth i'r gelenod barhau i ymosod. Roedden nhw'n agos iawn at dorri drwy ochrau'r cwch. Rhwbiodd Violet y rhwyf yn ôl ac ymlaen ar hyd yr ochr mor gyflym ag y gallai.

"Be wyt ti'n ei wneud?" gofynnodd Klaus, gan ddal tair gelen arall yn ei rwyd.

"Creu ffrithiant," atebodd hithau. "Mae rhwbio pren yn erbyn pren am amser maith yn creu ffrithiant. Ac mae ffrithiant yn creu gwreichion. Pan ga i wreichion, fe alla i roi canfas yr hwyl a'r rhwyd gwallt ar dân. Wedyn, fe fydd gyda ni signal."

"Tân!" gwaeddodd Klaus. "Ond mae tân yn golygu mwy o berygl."

"Ddim os ydw i'n chwifio'r tân uwch 'y mhen trwy ddefnyddio'r polyn pysgota," eglurodd Violet. "Fe fydda i hefyd yn taro'r bwced fel petai hi'n gloch. Gyda'i gilydd fe ddylai'r sŵn a golau'r tân dynnu sylw."

Parhaodd i rwbio a rhwbio'r rhwyf yn erbyn pren y cwch, ond doedd dim gwreichionyn i'w weld o gwbl. Y gwirionedd trist oedd bod y pren yn rhy wlyb, oherwydd Corwynt Herman a'r dŵr oedd yn llifo i mewn, i allu creu ffrithiant. Roedd e'n syniad rhagorol, ond sylweddolodd Violet nad oedd e'n mynd i weithio y tro hwn.

Crash! Crash! Wrth edrych draw at Bopa Josephine a'i brawd a'i chwaer, gallai Violet deimlo'r gobaith yn llifo o'i chalon cyn gyflymed ag yr oedd y dŵr yn llifo i mewn i'r cwch. "'Dyw e ddim yn gweithio," ildiodd yn drist, gan deimlo'r dagrau'n disgyn i lawr ei boch. Gallai gofio'r addewid wnaeth hi i'w rhieni, yn fuan cyn iddyn nhw farw yn y tân, i edrych ar ôl ei brawd a'i chwaer iau. Wrth weld y gelenod yn heidio o gwmpas y cwch, roedd yn gas ganddi feddwl iddi fethu cadw'i haddewid. "Wnaiff e byth weithio," meddai eto. "Mae angen tân arnon ni, ond alla i ddim dyfeisio un."

"Paid â phoeni," meddai Klaus, er ei fod yntau'n poeni'n ofnadwy. "Fe feddyliwn ni am rywbeth."

"Tintet," meddai Sunny, oedd mwy na thebyg yn golygu, "Paid â llefain. Fe wnest ti dy orau." Llefain wnaeth Violet, serch hynny. Pan fyddwch chi mewn perygl mawr, dyw 'gwneud eich gorau' ddim yn ddigon da os nad ydych chi'n llwyddo i osgoi'r perygl.

Daliai'r cwch i ysgwyd, a daliai'r dŵr i ddod i mewn iddo, a theimlai Violet fod diogelwch ymhell o'i gafael. Yn ei dagrau, cydiodd yn y sbienddrych i weld a oedd cwch arall yn ymyl a allai ddod i'w hachub, ond y cyfan welai hi oedd adlewyrchiad y lleuad ar wyneb y dŵr. Go brin y byddai hynny wedi bod yn gysur i chi a fi ar adeg fel hyn, ond fe gododd galon Violet yn fawr wrth ei weld. Fe gofiodd am rai egwyddorion gwyddonol perthnasol.

Egwyddorion cymhleth iawn yw'r rhai sy'n rheoli

gwrthdoriad a chydgyfeiriad goleuni. Fe geisiodd fy ffrind Dr Lorenz eu hegluro imi ryw dro, ond fedrwn i wneud na phen na chwt ohonyn nhw, mae'n flin gen i ddweud. Yr unig gysur sgen i yw bod Violet wedi eu deall nhw i'r dim. Yr hyn ddaeth i'w meddwl hi yno ar y cwch oedd stori roedd ei thad wedi'i hadrodd amser maith yn ôl, pan oedd hi'n dechrau magu diddordeb mewn gwyddoniaeth. Pan oedd ei thad yn fachgen bach, roedd ganddo gyfnither ddrygionus iawn oedd yn hoffi llosgi morgrug. Yn ôl ei thad, byddai'n cynnau tân trwy godi sbienddrych at yr haul. Does dim amheuaeth nad yw llosgi morgrug yn beth dieflig i'w wneud – ac mae 'dieflig' yma'n golygu 'y math o beth y byddai Iarll Olaf wedi'i wneud pan oedd e'n ifanc' – ond, o leiaf, fe wnaeth yr atgof i Violet gofio y gallwch chi gynnau tân trwy ddefnyddio sbienddrych a golau'r haul neu'r lleuad.

Heb wastraffu eiliad, tynnodd y lens o'r sbienddrych, a chan edrych ar y lleuad trodd y lens yn araf i'r ongl orau ar gyfer ei phwrpas. Llifodd golau'r lleuad yn un ffrwd danbaid drwy'r lens nes taro defnydd yr hwyl yn rhwyd gwallt Bopa Josephine fel matsien fflamgoch. Ar amrantiad, roedd yno fflam go iawn.

"Mae'n wyrth!" bloeddiodd Klaus wrth i'r fflam gydio.

"Anhygoel!" bloeddiodd Bopa Josephine.

"Ffonti!" gwichiodd Sunny.

"Mae egwyddorion gwrthdoriad a chydgyfeiriad goleuni wedi gweithio!" meddai Violet, gan rwbio deigryn o'i llygad. Trwy gamu'n ofalus i osgoi'r gelenod a oedd eisoes ar y bwrdd, symudodd i flaen y cwch. Cododd y rhwyf ag un llaw a'i defnyddio i fwrw'r bwced sawl gwaith, fel petai'n canu cloch. Gyda'r llaw arall, daliai'r belen o dân yn uchel ar y polyn, fel petai'n cario ffagl. Edrychodd gyda balchder ar y signalau roedd hi wedi llwyddo i'w dyfeisio, a chofiodd eto am gyfnither ddieflig ei thad. Dieflig neu beidio, petai hi yno gyda nhw ar y cwch y funud honno, byddai Violet wedi ei chofleidio'n gynnes.

Gwaetha'r modd, doedd llwyddiant dyfeisiadau Violet ddim yn fêl i gyd. Doedd dim mêl go iawn ar gyfyl y bwced na'r ffagl, wrth gwrs. Ond pan fyddwn ni'n dweud am rai pethau nad oedden nhw'n "fêl i gyd", yr ystyr yw eu bod nhw'n felys iawn mewn sawl ffordd, ond yn chwerw iawn mewn ffyrdd eraill.

Melys iawn yw gallu dweud wrthych bod rhywun wedi gweld y belen dân a chlywed y gloch yn syth. Ar y dechrau, roedd wynebau'r Baudelairiaid a Bopa Josephine wedi sirioli i gyd pan welson nhw gwch arall yn dod tuag atynt. Roedden nhw ar fin cael eu hachub, meddyliodd y pedwar.

Ond ochr chwerw dyfeisiadau Violet oedd y ffaith mai dyn a chanddo goes bren ac yn gwisgo cap morwr glas oedd ar fwrdd y cwch hwnnw. Diflannodd y gwenau siriol o wynebau Bopa Josephine a'r plant yn ddigon buan wrth i'w gwch ddod yn nes ac iddyn nhw sylweddoli mai Capten Sham oedd ar ei fwrdd.

PENNOD

Deuddeg

"*Croeso*," cyfarchodd Capten Sham nhw wrth i'r pedwar deithio ar fwrdd ei gwch. "Dyna braf eich gweld chi eto. Ro'n i wedi meddwl eich bod i gyd wedi cael eich lladd pan syrthiodd tŷ'r hen fenyw i mewn i'r llyn. Ond trwy lwc, fe ddywedodd fy ffrind wrtha i eich bod chi blant wedi dwyn cwch a cheisio dianc. Amdanoch chi, Josephine, wn i ddim pam na fuoch chi'n gall a thaflu'ch hun drwy'r ffenestr, wir!"

"Fe wnes i 'ngorau glas i fod yn gall," atebodd Bopa Josephine yn chwerw, "ond fe ddaeth y plant i'm hachub i."

Gwenodd Capten Sham, gan ddangos ei ddannedd budron i bawb. Roedd e newydd hwylio'i gwch yn ofalus at gwch y plant, ac wrth i'r gelenod neidio o gylch eu traed fu ganddyn nhw ddim dewis ond camu o'r naill gwch i'r llall. Newydd gyrraedd bwrdd cwch Capten Sham oedden nhw a Bopa Josephine pan suddodd y cwch arall i grombil y llyn – whwsh! – gyda'r gelenod barus yn ferw ar wyneb y dŵr.

"Fe ddylech chi fod yn ddiolchgar, blant," meddai Capten Sham gan bwyntio at yr olygfa. "Fe allai dannedd mân yr holl elenod 'na fod yn gwledda arnoch chi'r munud 'ma. I mi mae'r diolch eich bod chi'n ddiogel."

"I chi mae'r diolch ein bod ni mewn perygl yn y lle cynta," atebodd Violet yn ffyrnig.

"I'r hen fenyw mae'r diolch eich bod chi mas ar Lyn Dagrau yn y fath dywydd," atebodd Capten Sham. "Roedd esgus ei bod hi wedi lladd ei hun yn syniad clyfar iawn, ond doedd e ddim yn ddigon clyfar chwaith. Ond mae e'n golygu ei bod hi wedi'ch gadael chi blant – a ffortiwn y Baudelairiaid – yn fy ngofal i."

"Peidiwch â siarad y fath ddwli," heriodd Klaus yn ddewr. "Fyddwn ni byth yn eiddo i chi. Unwaith y daw Mr Poe i wybod pwy ydych chi, fe ewch chi ar eich pen i'r carchar."

"Felly'n wir?" meddai Capten Sham yn gellweirus. Roedd e wrthi'n troi ei gwch yn ôl i gyfeiriad Glanfa Damocles, a disgleiriai ei un llygad gweladwy fel petai ar ganol dweud jôc ffantastig. "Ar 'y mhen i'r carchar, ife? A Mr Poe yn trefnu'r cyfan? Ond mae Mr Poe yn ddyn prysur iawn yn barod. Wrthi'n paratoi'r papurau i wneud yn siŵr 'mod i wedi eich mabwysiadu chi'n gyfreithlon mae e'r funud hon. Violet, Klaus a Sunny Sham fyddwch chi cyn diwedd y dydd."

"Nalei!" gwichiodd Sunny, oedd yn golygu, "Na, na, byth bythoedd, gwd boi!"

"Pan eglurwn ni iddo'r ffordd y gorfodwyd Bopa Josephine i ysgrifennu'r nodyn 'na," dywedodd Violet, "fe fydd e'n siŵr o rwygo'r papurau'n ddarnau mân."

"A pham ddylai Mr Poe eich credu chi?" crechwenodd Capten Sham yn slei. "Pwy sy'n mynd i gredu rhyw rapsgaliwns o blant fel chi sy'n mynd o gwmpas y lle yn dwyn cychod?"

"Achos ein bod ni'n dweud y gwir!" bloeddiodd Klaus.

"A'r gwir a saif," ychwanegodd Violet.

"Mae'r gwir yn gallu suddo hefyd," meddai Capten Sham. "Fel y cwch 'na roeddech chi ar ei fwrdd gynnau fach. Mae'n gallu suddo a chael ei fwyta nes bod 'run darn ohono ar ôl. Rwy'n credu mai fy stori i fydd Mr Poe yn ei chredu. Wedi'r cwbl, rwy'n ddyn busnes parchus aeth mas mewn corwynt garw i achub tri phlentyn oedd newydd ddwyn un o 'nghychod i."

"Dwyn y cwch i achub Bopa Josephine o Ogof Ych-a-fi wnaethon ni," eglurodd Violet. "Er mwyn dod â hi'n ôl i'r dre i sôn wrth bawb am y cynllun dieflig oedd 'da chi ar y gweill."

"Fydd neb yn credu'r stori yna," meddai Capten Sham yn ddiamynedd, "achos fydd neb yn ei chlywed. Does neb yn gallu clywed yr hyn sydd gan hen wraig i'w ddweud pan mae hi wedi marw."

"Ydych chi'n ddall yn y ddau lygad?" meddai

Klaus. "Mae Bopa Josephine yn fyw ac yn iach."

Gwenodd Capten Sham eto gan edrych dros y dŵr. Roedd Gelenod Dagrau, oedd wedi cael y fath wledd wrth fwyta'r cwch a suddodd, wedi ymgynnull unwaith eto ac yn amlwg yn dal yn llwglyd. Roedden nhw'n dal i allu gwynto'r banana roedd Bopa Josephine wedi'i fwyta yn yr ogof, ac wedi dechrau dilyn cwch Capten Sham.

"Wel, ydy," meddai. "Mae hi fan hyn am nawr, mae'n wir. Ac mae hi'n dal yn fyw …"

"O, na," gwaeddodd Bopa Josephine mewn arswyd wrth weld y dyn yn camu tuag ati. "Peidiwch â 'nhaflu i dros yr ochr. Rwy'n *erfyn* arnoch! Wna i ddim dweud gair …"

"Na wnewch wir," cytunodd Capten Sham. "Fe fyddwch chi yng nghrombil Llyn Dagrau gyda'ch annwyl Eic."

"Na, fydd hi ddim," meddai Violet gan afael mewn rhaff. "Rwy'n mynd i godi'r hwyl 'ma'n uwch er mwyn inni symud yn gyflymach at y lan."

"A dw inne'n mynd i helpu," ychwanegodd Klaus gan symud at y ddolen lywio.

"Iga!" gwichiodd Sunny gan gropian ei ffordd o flaen Bopa Josephine a dangos ei dannedd, cystal â dweud, "Meiddia di!"

"Sonia' i'r un gair wrth Mr Poe, rwy'n addo," meddai Bopa Josephine mewn llais truenus. "Fe wna i ddiflannu. Welwch chi byth mohona i eto. Cadwch y ffortiwn! Cadwch y plant! Ond gadewch lonydd imi, da chi!"

Edrychodd y Baudelairiaid arni mewn braw a dywedodd Violet wrthi, "Chi sydd i fod edrych ar ein holau ni!"

Oedodd Capten Sham am eiliad fel petai'n ystyried cynnig Bopa Josephine. "Does dim rhaid imi eich lladd, mae'n wir," meddai. "Fe allai pobl feddwl eich bod chi wedi marw."

"Fe newidia' i fy enw!" aeth Bopa Josephine yn ei blaen. "Fe newidia i liw 'y ngwallt! Fe wisga i lensys o liw gwahanol yn fy llygaid! Fe af i ymhell, bell oddi yma a wna i byth yrru cerdyn Dolig at neb!"

"Ond beth amdanon ni, Bopa Josephine?" gofynnodd Klaus wedi ei frifo'n arw.

"Taw, wir, yr hen blentyn amddifad swnllyd,"

torrodd Capten Sham ar ei draws. Roedd Gelenod Dagrau wedi cyrraedd y cwch, ac yn dechrau taro yn erbyn y pren. "Mae'r oedolion yn siarad nawr. Dwi'n weddol hoff o'r syniad, hen wraig, ond fi'n ffili anghofio'r tric 'na 'da'r nodyn."

"'… ond fedra i ddim anghofio,'" cywirodd Bopa Josephine ef, gan sychu deigryn o'i llygad.

"Sori?" gofynnodd Captem Sham.

"Dyna'r ffordd ramadegol gywir o ddweud yr hyn sydd ar eich meddwl," eglurodd Bopa Josephine. "Mae pobl yn aml yn dweud pethe fel 'fi'n ffili', rwy'n gwybod, ond dyw'r gystrawen ddim yn berffaith o bell ffordd."

Caeodd Capten Sham ei un llygad am eiliad i feddwl dros y mater. Lledodd crechwen arswydus dros ei wefusau. "Diolch am dynnu fy sylw at y gystrawen dodji," meddai wrthi gan symud yn nes. Gwgodd Sunny arno fel petai'n gwarchod ei modryb, ond un gic sydyn gyda'r goes glec gymerodd hi i hyrddio Sunny druan i ben arall y cwch. "Gadewch inni fod yn gwbl glir," aeth yn ei flaen fel petai dim byd wedi digwydd. "Petawn i'n dweud, 'Mae

Josephine Anwhistle yn y dŵr gyda'r gelenod ac mae'n ffili gwneud dim am y peth', mi fyddwn i'n rong. Ond petawn i'n dweud, 'Mae Josephine Anwhistle yn y dŵr gyda'r gelenod a fedr hi wneud dim am y peth', mi fyddech chi'n hapus gyda hynny, fyddech chi?"

"Byddwn," meddai Bopa Josephine. "Wel, *na* fyddwn. Yr hyn rwy'n ceisio'i ddweud yw …"

Ond ni chafodd Bopa Josephine gyfle i ddweud dim mwy. Safodd Capten Sham yn syth o'i blaen, a chan godi'i ddwy law, gwthiodd hi dros fwrdd y cwch. Gydag ochenaid fechan a sblash mawr syrthiodd i ddyfroedd Llyn Dagrau.

"*Bopa Josephine!*" sgrechiodd Violet. "*Bopa Josephine!*"

Plygodd Klaus dros yr ochr gan estyn ei fraich cyn belled ag y gallai. Diolch i'r ddwy siaced achub a wisgai Bopa Josephine, arnofiai ar wyneb y dŵr, gyda'r gelenod yn nesáu tuag ati. Ond tynnu'r rhaff i'r cyfeiriad arall wnaeth Capten Sham, fel bod y cwch yn symud oddi wrthi.

"Ry'ch chi'n *fwystfil*!" sgrechiodd Klaus ar Capten

Sham. "Bwystfil diawledig!"

"Ddylet ti ddim siarad fel 'na gyda dy dad," oedd ateb tawel Capten Sham.

Ceisiodd Violet dynnu'r rhaff o afael Capten Sham. "Ewch â ni'n ôl ati!" mynnodd. "Trowch y cwch yn ôl!"

"Dim ffiars o beryg!" atebodd yntau'n ddilornus. "Pawb i godi llaw ar yr hen wreigan. Welwch chi mohoni byth eto."

"Peidiwch â gofidio, Bopa Josephine!" gwaeddodd Klaus yn bryderus dros y dŵr, ond roedd hi'n amlwg wrth ei lais ei fod ef ei hun yn pryderu'n fawr. Roedden nhw eisoes gryn bellter oddi wrthi, a'r cyfan a welai'r plant oedd dwylo gwyn Bopa Josephine yn chwifio uwchben y dyfroedd tywyll.

"Mae'n bosib y bydd hi'n ocê," meddai Violet yn dawel wrth ei brawd. "Mae'n gwisgo dwy siaced achub ac mae hi'n gallu nofio'n dda."

"Digon gwir," cytunodd Klaus yn wan. "Ar lannau'r llyn 'ma mae hi wedi byw drwy gydol ei hoes."

"Llegru," ychwanegodd Sunny'n dawel. Ystyr

hynny, mwy na thebyg, oedd rhywbeth fel, "Allwn ni wneud dim byd ond gobeithio'r gorau."

Cwtshodd y tri phlentyn amddifad gyda'i gilydd am gysur a chynhesrwydd tra hwyliodd Capten Sham y cwch ar ei ben ei hun. Dim ond gobeithio'r gorau allen nhw. Cymysglyd braidd oedd eu teimladau tuag at Bopa Josephine. Doedden nhw ddim wedi mwynhau eu hamser gyda hi rhyw lawer – nid yn unig oherwydd y prydau oer, diflas a'r anrhegion anaddas a brynodd hi iddyn nhw. Gwaeth na hynny oedd y ffaith bod arni gymaint o ofn bron popeth – roedd bwrw iddi i fwynhau dim byd bron yn amhosibl. Roedd yr ofn a deimlai ynghylch popeth wedi gwneud Bopa Josephine yn warchodwr gwael. Fe ddylai pawb sy'n gyfrifol am warchod plant aros gyda'r plant a'u cadw'n ddiogel, ond rhedeg bant wnaeth Bopa Josephine ar y cyfle cyntaf. Maen nhw hefyd i fod yn ymgeledd ac yn gefn i'r plant, ond dianc i Ogof Ych-a-fi oedd dymuniad Bopa Josephine, gan adael y plant i ofalu drostynt eu hunain. Roedd hi hyd yn oed wedi cynnig i Capten Sham y câi e gadw'r plant, dim ond iddo adael llonydd iddi hi.

Er gwaetha'r ffaeleddau hyn i gyd, roedd y Baudelairiaid yn poeni'n arw amdani. Roedden nhw wedi dysgu llawer ganddi, hyd yn oed os taw dim ond rheolau gramadeg a chywirdeb cystrawennau oedd hynny. Darparodd gartref iddynt, hyd yn oed os oedd hwnnw'n oer ac yn hongian yn beryglus dros glogwyn. Fe wyddai'r plant hefyd fod eu Bopa Josephine, fel hwythau, wedi diodde profedigaethau erchyll yn ystod ei hoes. Na, doedd bywyd gyda hi ddim wedi bod yn fêl i gyd, ond wrth iddyn nhw ei gadael yno ar drugaredd y gelenod, ac wrth i Lanfa Damocles ddod yn nes, yr hyn oedd ym meddyliau Violet, Klaus a Sunny oedd, "Gobeithio y bydd Bopa Josephine yn saff".

Hwyliodd Capten Sham y cwch at y lanfa a'i glymu'n dynn. "Dilynwch fi, y twpsod bach," meddai wrth y plant gan gerdded yn dalog i gyfeiriad y glwyd fetel dal. Yno'n aros amdanynt, gyda golwg o ryddhad ar ei wyneb a hances boced wen yn ei law, oedd Mr Poe. Nesa ato, safai'r blob mawr tew gyda golwg fuddugoliaethus ar ei wyneb … neu ei hwyneb.

"Dach chi'n ddiogel!" llefodd Mr Poe. "Diolch i'r drefn! Pan gyrhaeddon ni dŷ Mrs Anwhistle a gweld ei fod yn deilchion i lawr ar waelod y clogwyn, ro'n i'n meddwl yn siŵr taw dyna'ch diwedd!"

"Lwcus i 'nghydymaith yma ddweud wrtha' i eu bod nhw wedi dwyn cwch," meddai Capten Sham. "Cafodd y cwch ei ddinistrio gan Gorwynt Herman a haid o elenod ond, trwy lwc, fe gyrhaeddais i mewn pryd i achub y pethau bach."

"Naddo wir!" protestiodd Violet. "Mae e newydd daflu Bopa Josephine i'r dŵr. Rhaid inni fynd i'w hachub, glou!"

"Mae'r plant wedi drysu'n llwyr," meddai Capten Sham, ei lygad yn disgleirio wrth gogio consyrn. "Fel eu tad newydd nhw, rwy'n meddwl mai noson o gwsg fyddai'r gorau i bawb."

"Nid hwn yw ein tad ni!" bloeddiodd Klaus. "Iarll Olaf yw'r bwystfil ofnadwy hwn. Llofrudd! Rhaid rhybuddio'r heddlu ar frys! Rhaid inni fynd i achub Bopa Josephine!"

"Y pethau bach, yn wir!" meddai Mr Poe gan gyfeirio at y plant. Pesychodd yr un pryd. "Wedi drysu'n lân, sdim dwywaith am y peth. Mae Bopa Josephine wedi marw, Klaus. Wyt ti'n cofio nawr? Fe laddodd ei hun trwy neidio drwy'r ffenestr."

"Na, na," mynnodd Violet. "Wnaeth hi ddim lladd ei hun o gwbl. Fe roddodd hi neges gudd yn y nodyn. Llwyddodd Klaus i ddatrys y dirgelwch a deall ystyr yr holl gamgymeriadau roedd hi wedi'u gwneud wrth ysgrifennu. 'Ogof Ych-a-fi' oedd y neges go iawn. Gyda dau gysylltnod yn yr 'Ych-a-fi'."

"Dryswch llwyr," barnodd Mr Poe. "Allan yn rhy hir yn yr holl wynt a glaw 'na. Ogof, wir! A chysylltnodau?"

"Klaus," gorchmynnodd Violet, "dangosa'r nodyn i Mr Poe."

"Fe gei di ei ddangos yn y bore," torrodd Capten Sham ar ei thraws mewn llais twyllodrus o addfwyn. "Noson dda o gwsg i ddechrau."

"Fi'n ffeili meddwl am gysgu nawr," mynnodd Klaus yn heriol.

Disgleiriai llygad Capten Sham yn gas, ond yr hyn ddywedodd e oedd, "Twt, twt! Fe aiff fy nghydymaith â chi i 'nghartref. Rhaid i Mr Poe a finne aros yma i orffen y gwaith papur."

"Ond dych chi ddim yn deall, Mr Poe ..." aeth Klaus yn ei flaen.

"Deuparth gwaith ei ddechrau, yntefe, Mr Poe? Ystyr hynny, Klaus, yw ..."

"Rwy'n gwybod beth yw ystyr 'Deuparth gwaith ei ddechrau'," taranodd Klaus yn ôl.

"Wel, dyna ni, 'te," meddai Capten Sham. "Ychydig funudau fydd Mr Poe a fi ..."

"Ychydig eiliadau gymerith hi i Mr Poe edrych ar y nodyn," mynnodd Klaus. "Plis, Mr Poe! Mae'n fater o fywyd a marwolaeth."

"*Yn y bore* ddywedais i," meddai Capten Sham. "Nawr, ewch gyda 'nghydymaith."

"Os taw eiliad neu ddwy gymerith e," torrodd Mr Poe ar ei draws, "efallai y dylwn i edrych ar y nodyn nawr. Mae'n amlwg yn golygu llawer i'r plant."

"Diolch," meddai Klaus mewn rhyddhad, ond pharodd ei lawenydd ddim yn hir iawn. Fe allwch chi ddychmygu pam, rwy'n siŵr. Mae cadw darn pwysig o bapur yn eich poced yn ymddangos fel peth call i'w wneud, ond os ydych chi allan mewn corwynt, gyda'r gwynt yn hyrddio'r glaw trwm trwy eich dillad i gyd, fydd y darn papur ddim yn ddiogel am yn hir. Yr hyn dynnodd Klaus o'i boced oedd sypyn llaith o bapur gydag olion ysgrifen Bopa Josephine yn smydjys aneglur ar hyd-ddo.

"Hwn *oedd* y nodyn," cyhoeddodd Klaus wrth ddal y llanast llipa yn ei law. "Bydd raid ichi gredu'r hyn 'dan ni'n ei ddweud, dyna i gyd. *Roedd* Bopa Josephine yn dal yn fyw."

"Ac mae'n eitha posibl ei bod hi'n fyw o hyd!" taerodd Violet. "Rhaid ichi ddanfon rhywun i chwilio amdani!"

"Blantos annwyl," meddai Mr Poe. "Wastad wedi cynhyrfu ac yn gofidio dros eraill drwy'r amser! Ond does dim angen ichi bryderu rhagor. Rwy wedi addo gofalu amdanoch chi ac rwy'n meddwl y bydd Capten Sham yn gwneud gwaith rhagorol yn eich magu o hyn ymlaen. Dyn busnes, chi'n gweld. Rhywun solet. Nid y teip i daflu ei hun drwy ffenestr. Ac edrychwch pa mor hoff ohonoch chi mae e! Mynd mas ar ganol corwynt i chwilio amdanoch!"

"Yr unig beth mae e'n hoffi," meddai Klaus yn

chwerw, "yw ein ffortiwn."

"Anwiredd llwyr!" mynnodd Capten Sham. "Chymera i ddim dime o'ch ffortiwn. Ar wahân i gost y cwch a falwyd gennych, wrth gwrs."

"Wel, ie," gwgodd Mr Poe. "Cais braidd yn annisgwyl," meddai gan beswch i'w facyn poced, "ond fe allwn ni drefnu hynny, debyg. Nawr, blant, bant â chi i'ch cartref newydd tra 'mod i'n edrych dros y dogfennau mabwysiadu gyda Chapten Sham fan hyn."

"Da chi," gwaeddodd Violet, "wnewch chi wrando arnon ni?"

"Da chi," gwaeddodd Klaus, "wnewch chi'n credu ni am unwaith?"

Ddywedodd Sunny run gair. Doedd Sunny heb yngan yr un gair ers meityn. A phetai Violet a Klaus heb fod mor brysur yn dal pen rheswm gyda Mr Poe, fe fydden nhw wedi sylwi nad oedd hi'n edrych i fyny ar y lleill yn siarad o'i chwmpas chwaith. Edrych yn syth o'i blaen oedd Sunny ac i fabi mae hynny'n golygu edrych ar goesau a thraed y bobl sydd o'i chwmpas. A bod yn fanwl gywir, edrych ar goes

Capten Sham oedd hi. Nid ei goes dde. Un normal, o gig a gwaed, oedd honno. Ond y llall oedd yn dal sylw Sunny. Stwmpyn o bren tywyll, sgleiniog, oedd wedi mynd â'i bryd. Roedd bachyn metel, dolennog, yn dal y goes bren yn ei lle wrth y pen-glin. Canolbwyntiai Sunny'n galed.

Rwy'n siŵr y byddwch chi'n rhyfeddu pan ddyweda i fod Sunny wedi ymddwyn yn debyg iawn i Alecsandr Fawr yn yr ychydig funudau hynny. Concwerwr enwog o Wlad Groeg oedd Alecsandr Fawr ac roedd e'n byw dros ddwy fil o flynyddoedd yn ôl. Nid 'Fawr' oedd ei ail enw go iawn, ond byddai'n gorfodi pawb i'w alw'n 'Fawr' trwy fartsio i mewn i'w gwledydd nhw gyda chriw o filwyr wrth ei gwt i orfodi pawb i ufuddhau iddo. Ar wahân i feddwl llawer ohono'i hunan a gorchfygu gwledydd pobl eraill, mae Alecsandr Fawr hefyd yn enwog am y Cwlwm Gordaidd. Math o gwlwm ffansi mewn rhaff, a enwyd ar ôl brenin o'r enw Gordiws, oedd y Cwlwm Gordaidd. Fe ddywedodd Gordiws wrth Alecsandr y câi e reoli dros ei wlad petai e'n gallu datod y cwlwm hwn. Roedd Alecsandr yn rhy brysur yn martsio a gorchfygu i fod yn giamstar ar glymau, a'r hyn wnaeth e oedd codi'i gleddyf a thorri'r rhaff yn ddwy. Roedd e wedi torri'r Cwlwm Gordaidd, oedd. Ond roedd e hefyd wedi twyllo i wneud hynny. Roedd llawer mwy o filwyr gan Alecsandr na Gordiws, ac felly ofer fu'r protestio. Toc, roedd pawb yng ngwlad Gordiws yn gorfod galw Chi'n-gwbod-pwy yn 'Fawr'. Byth ers hynny, mae pobl wedi galw unrhyw broblem sy'n dipyn o ben tost yn Gwlwm Gordaidd, ac os ydych chi'n llwyddo i ddatrys y broblem honno – hyd yn oed os ydych chi'n gwneud hynny mewn ffordd sydd braidd yn anarferol – dywedir eich bod chi'n torri'r Cwlwm Gordaidd.

Fyddai neb yn amau nad oedd y broblem a wynebai'r Baudelairiaid yn Gwlwm Gordaidd. Roedd yn edrych fel un amhosibl ei datrys. Y broblem oedd bod cynllun dieflig Capten Sham ar fin llwyddo, a bod yr unig ffordd amlwg o atal hynny – sef cael Mr Poe i wrando a chredu'r hyn oedd y plant yn ei ddweud wrtho am nodyn Bopa Josephine – yn methu. Roedd y nodyn wedi cael ei sarnu gan y corwynt a doedd Mr Poe ddim am drafod y mater ymhellach. Ond roedd Sunny wedi meddwl am ffordd syml o ddatrys y broblem. Ffordd braidd yn anarferol, hefyd, rhaid cyfaddef. Ond ffordd effeithiol. Roedd hi ar fin torri'r Cwlwm Gordaidd.

Tra bo'r lleill i gyd yn dadlau dros ogofâu a chorwyntoedd a chysylltnodau a negeseuon cudd oedd wedi mynd yn rhy wlyb i'w darllen, roedd Sunny wedi cropian ei ffordd at y goes glec, agor ei cheg led y pen a chnoi mor galed ag y gallai. Trwy lwc, roedd dannedd Sunny mor finiog â chleddyf Alecsandr Fawr, a thorrwyd y goes glec yn ddwy gyda *crac!* uchel a wnaeth i bawb edrych i lawr.

Rwy'n siŵr eich bod chi i gyd wedi hen ddyfalu mai coes glec ffug oedd un Capten Sham. Yn cuddio y tu mewn i'r goes bren roedd ei goes go iawn, un o gig a gwaed. Dyna lle'r oedd hi, yn llwyd a chwyslyd o'r pen-glin i fysedd y traed. Nid bysedd y traed na'r pen-glin aeth â sylw pawb, ond y pigwrn. Yno, ar groen llwyd a chwyslyd Capten Sham, roedd yr ateb i'r broblem. Trwy gnoi, roedd Sunny wedi torri'r Cwlwm Gordaidd.

Wrth i'r darnau pren a faluriwyd ddisgyn i'r llawr

ar Lanfa Damocles, roedd tatŵ i'w weld yn amlwg –
tatŵ a siâp llygad.

PENNOD
Tair ar ddeg

Ochneidiodd Mr Poe mewn syndod. Ochneidiodd Violet a Klaus mewn rhyddhad. Ochneidiodd y lwmp nad oedd yn edrych fel dyn na dynes mewn siom. Ochneidiodd Iarll Olaf hefyd – mewn ofn i ddechrau, ond ar amrantiad newidiodd hynny'n llwyr, a dywedodd, "Y goes! Mae 'nghoes i wedi tyfu'n ôl. Mae'n anhygoel. Mae'n wyrth!"

Roedd ei lais yn ffugio rhyfeddod, ond doedd hynny ddim hyd yn oed wedi twyllo Mr Poe. "O, dewch nawr," dywedodd yn ôl wrtho, gan blethu'i freichiau.

"Fe

all hyd yn oed plentyn weld mai coes glec ffug oedd 'da chi."

"Mae 'na dri ohonon ni ac fe wydde'r tri ohonom o'r cychwyn," sibrydodd Violet wrth Klaus.

"O'r gore," ildiodd Iarll Olaf. "Ffugio coes bren wnes i. Ond welais i erioed mo'r tatŵ 'na o'r blaen yn fy myw."

"O, dewch nawr!" meddai Mr Poe. "Fe geisioch chi guddio'r tatŵ trwy wisgo'r hen goes bren 'na. Ond erbyn hyn mae'n gwbl amlwg pwy ydych chi."

"Iarll Olaf!" bloeddiodd y Baudelairiaid gyda'i gilydd.

"Fi piau'r tatŵ hefyd," ildiodd Iarll Olaf ymhellach, gan gamu'n ôl. "Ond wn i ddim pwy yw'r Iarll Olaf 'ma sydd ar feddwl pawb. Capten Sham ydw i. Mae gen i gardiau busnes i gadarnhau hynny."

"O, dewch nawr," meddai Mr Poe unwaith eto. "Lol botes maip yw hyn i gyd. Gall unrhyw ffŵl argraffu cardiau busnes a galw'i hun yn beth bynnag fyn e."

"Wel, o'r gore," ildiodd Iarll Olaf, "ond pwy bynnag ydw i, fi piau'r plant o hyd. Dyna oedd dymuniad olaf Josephine."

"O, dewch nawr," meddai Mr Poe am y pedwerydd tro a'r tro olaf. "I Capten Sham y gadawodd Bopa Josephine y plant, nid Iarll Olaf. Ac nid Capten Sham ydych chi, ond Iarll Olaf. Mater i mi yw penderfynu beth ddaw o'r plant. Mi wn i'n barod beth ddaw ohonoch chi. Fe ewch chi ar eich pen i'r carchar. Rydych chi wedi gwneud drygioni am y tro olaf … Olaf!"

"O, diar!" crechwenodd Iarll Olaf yn seimllyd reit.

"Ceisio priodi Violet i ddechrau, er mwyn dwyn y ffortiwn," atgoffodd Mr Poe y plant – fel petai angen eu hatgoffa. "Yna ceisio cael eich dwylo blewog ar yr arian trwy ladd Wncwl Mald …"

"Ac yn awr, hyn," torrodd Iarll Olaf ar ei draws. "Y cynllun gorau imi feddwl amdano erioed." Wrth siarad, cododd ei law a thynnu'r patsh oddi ar ei lygad. Doedd dim byd yn bod ar y llygad, wrth gwrs, ac roedd ganddo nawr ddau lygad sgleiniog i rythu ar y plant. "Nid 'mod i'n un i ganmol fy hun … O, be haru mi? Wrth *gwrs* 'mod i'n un sy'n dwlu ar ganmol fy hun," aeth yn ei flaen. "Ond roedd cael yr hen wreigan dwp 'na i ysgrifennu nodyn yn dweud ei bod hi'n lladd ei hun yn un o'r syniadau gore ges i erioed. Dyna dwpsen oedd yr hen Josephine!"

"Nid twpsen oedd hi o gwbl," protestiodd Klaus. "Roedd hi'n berson annwyl a gwreiddiol iawn."

"*Gwreiddiol!*" ailadroddodd Iarll Olaf yn ddirmygus. "Oedd, mi oedd hi'n 'wreiddiol'. Yr holl sôn 'na am ramadeg a threigladau drwy'r amser. Hy! Rwy'n siŵr ein bod ni i gyd yn gytûn nad oedd hi'n fêl i gyd … Ar y llaw arall, rwy'n siŵr bod gelenod Llyn Dagrau yn ei chael hi'n felys fel mêl y munud 'ma. Y brecwast mwyaf melys gawson nhw ers amser maith."

"Dyna ddigon o'r siarad gwrthun 'ma," gwgodd Mr Poe, gan beswch i'w facyn gwyn. "Fe gawsoch chi'ch dal a dyna ddiwedd arni. Fe fydd Swyddfa Heddlu Llyn Dagrau wrth eu bodd 'mod i wedi helpu i ddal dihiryn fel chi sy'n dwyllwr, yn llofrudd, ac yn ddyn sy'n peryglu bywydau plant."

"A pheidiwch ag anghofio'r tanau rwy wedi eu cynnau," ychwanegodd Iarll Olaf.

"Dyna ddigon, wir!" mynnodd Mr Poe. Cafodd

Iarll Olaf, y plant, a hyd yn oed y creadur si-siâp, gryn syndod o glywed Mr Poe yn siarad mor gadarn. "Dyma'r tro diwethaf ichi erlid y tri phlentyn 'ma. Mae'r awdurdodau'n mynd i gael gafael arnoch chi o'r diwedd. Does dim dianc i fod y tro hwn. Allwch chi ddim dweud rhagor o gelwyddau. Na chymryd arnoch ragor o enwau ffug."

"Mae 'na un peth y gallwn i ei wneud," meddai Iarll Olaf, a lledodd gwên gas ar draws ei wyneb i ddangos ei ddannedd mochaidd.

"A beth yw hynny?" holodd Mr Poe.

Edrychodd Iarll Olaf ar bob un o'r plant yn eu tro, fel petai'n edrych ar losin blasus roedd e'n eu cadw tan rywbryd eto. Yna edrychodd at y lwmpyn afrosgo cyn troi ei olygon at Mr Poe. "Rhedeg," atebodd. A chyda hynny, dyna wnaeth e. Rhedeg. Bustachodd y creadur nad oedd neb yn siŵr beth oedd e ar ei ôl, a rhedodd y ddau i gyfeiriad y glwyd.

"Dewch yn ôl!" gwaeddodd Mr Poe. "Dewch yn ôl yn enw'r gyfraith! Dewch yn ôl yn enw cyfiawnder a daioni …!"

"Waeth inni heb â gweiddi fel 'na, Mr Poe!"

gwaeddodd Violet. "Rhaid inni redeg ar eu holau."

"Alla i ddim gadael i blant redeg ar ôl dihiryn drwg fel 'na," mynnodd Mr Poe. Gwaeddodd drachefn, "Stop! 'Dach chi'n clywed? Dim cam ymhellach!"

"Allwn ni ddim gadael iddyn nhw ddianc fel 'na!" sgrechiodd Klaus. "Dere, Violet! Dere, Sunny!"

"Nid gwaith i blant yw dal dyn fel Iarll Olaf," dywedodd Mr Poe. "Aros di fan hyn, Klaus, i edrych ar ôl dy chwiorydd."

"Allwn ni ddim jest aros fan hyn, Mr Poe," protestiodd Violet. "Rhaid inni fynd i chwilio am Bopa Josephine, mas fan'na ar y llyn! Efallai ei bod hi'n dal yn fyw!"

"Ar eich pennau eich hunain, mewn cwch hwylio?" meddai Mr Poe mewn syndod. "Alla i ddim caniatáu hynny. Rydych chi dan 'y ngofal i nawr."

"Fe fydden ni 'dan ofal' Iarll Olaf erbyn hyn tasen ni ddim wedi hwylio mewn cwch ar ein pennau'n hunain awr neu ddwy yn ôl," mynnodd Violet.

"Nid dyna'r pwynt ...." Erbyn hyn, roedd Mr Poe wedi dechrau rhuthro draw at y glwyd ar drywydd y ddau oedd newydd ddianc. "Yr hyn rwy'n ei olygu yw …"

Chafodd y Baudelairiaid byth wybod beth oedd Mr Poe yn ei olygu. Yr eiliad honno, yr unig beth glywson nhw oedd *slam!* caled metal y glwyd yn cael ei chloi gan y creadur.

"Stopiwch lle'r ydych chi!" bloeddiodd Mr Poe i'r nos. "Dewch yn ôl i agor y glwyd hon y munud 'ma." Roedd e'n ysgwyd y glwyd, ond doedd dim yn tycio.

"Mae'r glwyd wedi'i chloi a dyna ddiwedd arni," meddai wrth y plant pan ddaeth y tri draw ato. "Oes allwedd gan rywun, tybed?"

Heb oedi i ateb, rhuthrodd y plant i gyfeiriad y cwt, ond yna clywsant sŵn allweddi'n cael eu hysgwyd ar fodrwy fawr fetel.

"Gen i mae'r holl allweddi, mae arna i ofn," meddai llais Iarll Olaf o'r tu hwnt i'r glwyd. "Ond na hidiwch, byddaf yn eich gweld eto'n fuan. Yn fuan iawn!"

"Agorwch y glwyd hon ar unwaith," gwaeddodd Mr Poe ond, wrth gwrs, doedd dim gobaith i hynny ddigwydd. Yn y diwedd, aeth Mr Poe i chwilio am ffôn er mwyn galw am help, ond fe wyddai'r plant yn iawn y byddai Iarll Olaf a'i gydymaith rhyfedd wedi hen ddiflannu erbyn hynny.

A hwythau'n oer, blinedig a diflas, doedd dim amdani ond cwtsho at ei gilydd am gysur yno ar lawr Glanfa Damocles, lle y gwelson ni'r tri am y tro cyntaf ar ddechrau'r stori.

Rwy'n siŵr eich bod chi'n cofio mai eistedd ar eu cesys oedden nhw bryd hynny, yn gobeithio bod eu bywydau ar fin gwella. Gwaetha'r modd, nid felly y digwyddodd pethau ac rwy'n flin gorfod dweud wrthych chi nad oes dim byd gwell i ddod chwaith. Mi fyddwn i wrth fy modd yn gallu dweud wrthych i Iarll Olaf gael ei ddal ac i Bopa Josephine nofio at y plant ar Lanfa Damocles, a hithau, trwy ryw ryfedd wyrth, wedi llwyddo i ddianc rhag crafangau Gelenod Llyn Dagrau. Ond nid felly y bu.

Wrth i'r plant afael yn dynn yn ei gilydd ar y lanfa wlyb, roedd Iarll Olaf eisoes hanner ffordd ar draws y llyn. Cyn pen dim, fe fyddai ar drên cyflym, wedi'i wisgo fel rabbi, ac yn cynllunio'r castiau cas nesaf roedd e am eu defnyddio i ddwyn ffortiwn y plant.

Beth yn union oedd yn digwydd i Bopa Josephine

pan oedd y plant yn cael cwtsh ar y lanfa, mae'n amhosibl dweud, ond fe ddyweda i hyn wrthych chi: ymhen hir a hwyr, tua'r adeg pan oedd yr amddifaid wedi cael eu gorfodi i fynd i ysgol breswyl ddiflas, daeth dau bysgotwr o hyd i'r ddwy siaced achub a wisgai Bopa Josephine. Roedd y ddwy yn garpiau, ac yn arnofio ar wyneb y dŵr.

Yn y rhan fwyaf o storïau, mae 'na ddiweddglo hapus a moeswers syml sy'n gadael pawb yn teimlo'n fodlon ar y diwedd. Fel arfer, bydd y dihiryn yn cael ei ddal a gall pawb fynd adre'n hapus. Ond gyda'r Baudelairiaid, mae popeth yn mynd o chwith. Mae'n wir nad yw Iarll Olaf wedi llwyddo yn ei gastiau drwg, ond does neb wedi cael y gorau arno 'chwaith. Does neb yma'n hapus ar y diwedd. All y plant ddim mynd adre'n teimlo'n falch o ddim. Does dim cartref iddyn nhw fynd adref iddo. Cwympodd tŷ Bopa Josephine i'r llyn yn y storm, ac mae'r cartref go iawn oedd ganddyn nhw gyda'u rhieni wedi hen losgi i'r llawr.

Hyd y gallen nhw weld, doedd dim moeswers hawdd iddyn nhw gymryd cysur ohoni chwaith. Ar ddiwedd rhai storïau, mae'n hawdd deall beth yw'r foeswers. Gyda stori "Pinochio", er enghraifft, y wers i'w chofio yw "Peidiwch â dweud celwyddau os yw'ch trwyn wedi'i wneud o bren". Y foeswers ar ddiwedd hanes "Cantre'r Gwaelod" yw "Peidiwch â chyflogi neb o'r enw Seithenyn i fod yn Swyddog Diogelwch".

Ond i Klaus, Sunny a Violet, yn eistedd yno'n gwylio'r haul yn dechrau codi dros y llyn, doedd hi ddim yn hawdd deall pa wersi oedd i'w dysgu o'u hamser gyda Bopa Josephine. Ac yna, fe wawriodd arnynt. Rwyf eisoes wedi nodi bod yr haul yn codi a bod y wawr ar fin torri, ond pan fyddwn ni'n dweud bod rhywbeth wedi "gwawrio" ar rywun, does ganddo ddim byd i'w wneud â'r haul go iawn. Mae'n ymadrodd sy'n golygu bod y person hwnnw "newydd sylweddoli rhywbeth," neu ei fod e neu hi wedi "deall arwyddocâd rhywbeth sy'n mynd i'w helpu i ddatrys rhyw broblem".

Yr hyn wawriodd ar y tri phlentyn amddifad wrth iddyn nhw afael yn dynn yn ei gilydd ar y lanfa, oedd bod Bopa Josephine wedi byw ar ei phen ei hun yn y tŷ rhyfedd hwnnw ar ben y bryn, yn drist ac unig, tra bod ganddyn nhw eu tri gwmni ei gilydd. Roedd hynny'n golygu bod ganddyn nhw gefnogaeth a chysur wrth law bob amser. Doedd e ddim yn gwneud yr holl bethau anffodus a ddaeth i'w rhan yn llai poenus ac anodd, ond gwerthfawrogai'r tri nad oedden nhw'n wynebu popeth ar eu pennau eu hunain.

"Diolch, Klaus," meddai Violet yn werthfawrogol, "am ddeall ystyr y neges . A diolch i ti, Sunny am ddwyn yr allweddi er mwyn inni allu cael y cwch."

"Diolch i ti, Violet," meddai Klaus yn werthfawrogol, "am feddwl am y syniad o ddefnyddio'r losin 'na i greu mwy o amser inni. A diolch i ti, Sunny, am gnoi'r goes glec 'na ar yr union adeg iawn."

"Chlowset!" gwichiodd Sunny yn werthfawrogol. Deallodd ei brawd a'i chwaer yn syth ei bod hi'n diolch i Violet am greu'r ddyfais galw-am-gymorth pan oedden nhw ar y dŵr ac yn diolch i Klaus am ddarllen yr atlas a'u tywys i Ogof Ych-a-fi.

Wrth i bobl gyrraedd Glanfa Damocles i ddechrau diwrnod arall o waith, pwysai'r tri phlentyn yn erbyn ei gilydd gan wenu'n werthfawrogol. Wn i ddim ydy "Roedd gan bob un o'r Baudelairiaid y ddau arall i gadw cwmni iddynt" yn cyfri fel moeswers i'r stori hon. Ond, yn sicr, roedd yn gysur i bob un o'r tri y bore hwnnw Roedd fel cael cwch hwylio ynghanol corwynt ar lyn sy'n llawn drygioni.

Cafodd LEMONY SNICKET ei eni o dy flaen di a bydd farw o dy flaen di hefyd, mwy na thebyg. Ag yntau'n arbenigwr hyddysg ar ddadansoddi rhethregol, mae Mr Snicket wedi treulio sawl cyfnod diweddar yn ymchwilio i drafferthion yr amddifaid Baudelaire. Cyhoeddir ei ddarganfyddiadau'n gyfresol gan Wasg y Dref Wen.

Ganed BRETT HELQUIST yn Ganado, Arizona, a chafodd ei fagu yn Orem, Utah. Efrog Newydd yw ei gartref erbyn hyn. Ers iddo raddio mewn celfyddyd gain o Brifysgol Brigham Young, bu'n darlunio llyfrau. Ymddangosodd ei waith mewn cylchgronau fel *Cricket* a'r *New York Times.*

At Fy Ngolygydd Caredig,

Ysgrifennaf atat o Neuadd y Dref Dre-bitw, gan fy mod wedi llwyddo i ddarbwyllo'r maer i'm gadael i mewn i swyddfa siâp llygad Dr Orwell, er mwyn gallu ymchwilio ymhellach i'r hyn a ddigwyddodd i'r amddifaid Baudelaire tra buon nhw'n byw yn yr ardal.

Dydd Gwener nesaf, bydd jîp ddu yng nghornel gogledd-orllewinol maes parcio Arsyllfa Orion. Torra i mewn iddi. Yn y blwch menig, fe ddylet ddod o hyd i'm disgrifiad o'r bennod frawychus hon ym mywydau'r Baudelairiaid, o dan y teitl Y FELIN DDIFLAS, yn ogystal â pheth gwybodaeth am hypnosis, mwgwd meddygol, a chwedeg wyth darn o gwm. Rwyf hefyd wedi cynnwys glasbrint y peiriant rhisglo a ddylai fod o ddefnydd i Mr Helquist, mi gredaf.

Cofia mai ti yw fy ngobaith olaf o allu dwyn hanes yr amddifaid Baudelaire i sylw'r cyhoedd.

Gyda phob dyledus barch,

Lemony Snicket